中學生文學精讀・劉以鬯

梅子　選　馮珍今　編

責任編輯　　劉汝沁

書籍設計　　任媛媛

書　名	中學生文學精讀·劉以鬯
選　篇	梅子
編　著	馮珍今
出　版	三聯書店（香港）有限公司
	香港北角英皇道 499 號北角工業大廈 20 樓
	Joint Publishing (H.K.) Co., Ltd.
	20/F., North Point Industrial Building,
	499 King's Road, North Point, Hong Kong
香港發行	香港聯合書刊物流有限公司
	香港新界荃灣德士古道 220-248 號 16 樓
印　刷	美雅印刷製本有限公司
	香港九龍觀塘榮業街 6 號 4 樓 A 座
版　次	2018 年 7 月香港第一版第一次印刷
	2023 年 4 月香港第一版第三次印刷
規　格	特 16 開（150 × 210 mm）200 面
國際書號	ISBN 978-962-04-4249-0

© 2018 Joint Publishing (H.K.) Co., Ltd.

Published & Printed in Hong Kong, China.

劉以鬯先生接受香港電台訪問，攝於錄音室。（羅佩雲提供）

❶ 2015 年，劉以鬯先生獲香港藝術發展局頒發「終身成就獎」，劉夫人陪同劉先生上台領獎。（羅佩雲提供）

❷ 香港藝術發展局刊登於巴士上的宣傳廣告，海報以劉以鬯先生獲獎作為宣傳重點。（羅佩雲提供）

❸ 2014 年，劉以鬯先生獲嶺南大學頒文學榮譽博士學位。（羅佩雲提供）

❶ 2017 年底，為劉以鬯先生預祝生日，劉氏伉儷攝於酒樓。
（羅佩雲提供）

❷ 劉以鬯先生在家，埋頭寫作，書桌上擺放着他喜歡的模型。
（《劉以鬯：1918》劇照，目宿媒體提供）

❸ 劉以鬯先生閱讀其名作《酒徒》。（《劉以鬯：1918》劇照，
目宿媒體提供）

目錄

故事新編

散文

前言

　　劉以鬯，原名為劉同繹，字昌年，祖籍浙江鎮海，一九一八出生於上海。他一九四一年畢業於上海聖約翰大學，自少接觸大量的西方文學，包括狄更斯、托爾斯泰、海明威、毛姆等作家作品。劉以鬯曾自言，詹姆士・喬哀思給他的影響最大，「我讀書時已開始閱讀《優力西斯》。此外，吳爾芙、卡夫卡、海明威、福克納等等都是我崇拜的作家。」[1]說明了他的創作根源。

　　劉以鬯成長於上世紀三、四十年代的上海，受到穆時英、施蟄存等新感覺派的影響，其作品思想開放、風格前衞，充滿現代主義色彩。

　　劉以鬯曾兩度來港，一九四八年自上海初來，未能適應香港的商業都市；一九五七年自新、馬回來，面對當時內地的動盪環境，自知重返上海無望，遂以香港為家，發展他的文學事業，可說是「南來文人」的一份子。數十年來，扎根於香港，寫作不輟，創作的小說，與眾不同，而且有很強的本土意識。

　　劉以鬯不單以小說創作享譽文壇，也是一位知名編輯。多年來，他一方面創作文學作品，同時在多份報章主編副刊，推介現代主義文學與理論。

自大學畢業後，他第一份工作便是副刊編輯。四十年代初，太平洋戰爭爆發，他由上海走到重慶，身兼《國民公報》和《掃蕩報》的副刊編輯。來港後的首份工作，便是在《香港時報》當副刊編輯，其後，又編過《香港時報》的《淺水灣》、《快報》副刊《快趣》和《星島晚報》的《大會堂》等。

　　自一九八五年開始，劉以鬯創辦了《香港文學》，並擔任總編輯，網羅了中港台等地的佳作，並以香港為「基地」，面向世界，推動香港以外的華文文學，結果一辦就是十五年半，直至二〇〇〇年才退下來。

　　劉以鬯對文學的貢獻是多方面的，除了個人的創作，他還為早年的西西、也斯等，開墾文學園地，同時惠及幾代文學青年，如近年的潘國靈、梁科慶……

　　在名作《酒徒》中，他吸收了西方心理小說的技巧，運用意識流和內心獨白，批判香港社會的文化。也斯對《酒徒》的評價極高，認為「它是第一本反省香港處境的現代小說，讓我們看到現代小說的技巧和反思精神，可以轉化為對香港現實的感慨」，確是的論。

　　劉以鬯的小說創作，目標在於「求新求異」，而他寫的作品，在形式上的創新，往往是為了配合內容，例如大家熟悉的名篇《寺內》，用詩的形式寫小說，《對倒》則以雙線平行的方式對位敘事；《動亂》、《吵架》既沒有人物，也沒有情節，是不減人文關懷的短篇。

　　微型小說《打錯了》實驗敘事嘗試，用複式結構強調命運的偶然性；至於源自《紅樓夢》的《除夕》、《白蛇傳》的《蛇》，是他上承魯迅，呼應香港本土創作的故事新編，重寫神話與傳說，將古代故事賦與新生命。在他的作品中，運用的手法雖不一，但都注重形式上的實驗。

　　劉以鬯把作品分為商業與嚴肅文學，前者主要是「娛樂他人」的通

俗作品，賴以維生；後者是追求高度藝術性的創新作品，乃「娛樂自己」之作。

劉以鬯在香港筆耕逾六十年，創作超過數千萬字，由於「娛己」、「娛人」之說，大家比較重視他的創新實驗，其實，在另一方面，他仍然運用寫實手法寫出一些雅俗共賞的作品，保留了香港連載小說的色彩。

除了創作小說，劉以鬯也寫作散文，並潛心學術研究，曾發表《臺靜農的短篇小說》，又撰寫《端木蕻良論》一書，對中國新文學有獨特而精闢的見解。他的文學論著，有《看樹看林》、《暢談香港文學》等。他又編過一系列的「中國新文學叢書」、《香港短篇小說選（五十年代至六十年代）》、《香港短篇小說百年精華》等。

此外，劉以鬯還從事翻譯工作，譯作有《人間樂園》、《娃娃谷》、《莊園》。

在有限篇幅內，編一本劉以鬯選集，絕非易事。本書的選篇工作，主要由梅子先生負責，以他對劉以鬯作品的認識和了解，幸得他費心盡力，我可以專注於撰寫作品的賞析。

為了讓讀者一覽劉以鬯多年的創作風貌，本書收錄了作者自一九五〇至二〇〇二年的部分作品，這些作品題材豐富，展現了香港不同時期、不同政治環境下的社會面貌，除了少數仍採取傳統的寫法之外，多為與眾不同、打破常規之作。

本書出版的目的，在於向年青朋友，介紹一些較易閱讀的作品，按體裁分短篇小說、微型小說、故事新編、散文四大類，各按寫作先後序列，並附題解與賞析文字。

這個選本，未能包括劉以鬯各類作品，亦未能全面反映其作品的風格和文學成就。一些公認的名篇，以至部分佳作，或因篇幅所限，或因入門讀者程度，無法列入。

這本小書只是個切入點，若能引起讀者興趣，日後能繼續研讀，進入劉以鬯的文學世界，正是我們的心願。

〔1〕　《劉以鬯先生訪問記》，載於《香港青年週報》第一百五十期，
　　　　一九六九年十一月十九日。

短篇小說

我寧願回到垃圾桶去過「地獄」裏的日子，這個「天堂」，

齷齪得連蒼蠅都不願意多留一刻！

【導讀】

　　茅盾在《試談短篇小說》中說:「我們現在稱為短篇小說這樣的文學作品,是在宋朝開始出現的。」

　　究竟短篇小說的特性是甚麼?

　　劉以鬯說:「『短篇小說』這一名詞,英文是 Short Story,即短的故事。從這一點來說,『短篇小說』應該就是『短的故事』了。」他繼而指出「沒有格局的敘事是故事。有格局的敘事才是小說。」[1]

　　同時,他又說:「儘管專家們對短篇的看法互有不同,有一點倒是一致的:短篇必須濃縮。……短篇小說的長度並無一定的限制,不過,短篇的目標既是『單純的效果』,就不能有太多的細節描寫。」選錄在本書的短篇小說,可以用來印證他的說法。

【注釋】

〔1〕　《現代中國短篇小說的幾個問題──一九八一年八月十日在第三屆「中文文學週專題講座」上的發言》,載於《劉以鬯卷》,天地圖書有限公司,二○一四年。

天堂與地獄

【題解】

　　《天堂與地獄》一書在二〇〇七年再版，劉以鬯於《寫在書前》說：「《天堂與地獄》是我一九四八年從滬來港後寫的短篇小說，一九五一年結集出版。」集子中收錄了二十三篇作品，《天堂與地獄》是其中一篇，寫於一九五〇年。

　　當時的劉以鬯，剛從上海來到香港，他眼中的香港比較傾向負面，表面的「天堂」，其實內裏是「地獄」。寫作離不開生活，對於生活的觀察，非用心不可，而小說虛構的內容，與作者個人的經歷，也有點關係。他當時在《香港時報》編副刊，堅持只刊登現代文學的作品，即使是社長好友的舊體詩，他也絕不買賬。社長怪罪於他，他一氣之下，便離開香港，於一九五二年跑到新、馬去，至一九五七年才回到香港來。

【文本】

我是一隻蒼蠅。

我在一個月以前出生。就蒼蠅來説，應該算是「青年蒼蠅」了。

在這一個月中，我生活在一個齷齪而又腥臭的世界裏：在垃圾桶裏睡覺，在臭溝裏沖涼；吃西瓜皮和垢腳，呼吸塵埃和暑氣。

這個世界，實在一無可取之處，不但覓食不易，而且隨時有被「人」擊斃的可能。這樣的日子簡直不是蒼蠅過的，我怨透了。

但是大頭蒼蠅對我説：「這個世界並不如你想像那麼壞，你沒有到過好的地方，所以會將它視作地獄，這是你見識不廣的緣故。」

大頭蒼蠅比我早出世兩個月，論輩份，應該叫它「爺叔」。我問：「爺叔，這世界難道還有乾淨的地方嗎？」

「豈止乾淨？」爺叔答，「那地方才是真正的天堂哩，除了好的吃、好的看，還有冷氣。冷氣這個名字你聽過嗎？冷氣是人造的春天，十分涼爽，一碰到就叫你舒適得只想找東西吃。」

「我可以去見識見識嗎？」

「當然可以。」

爺叔領我從垃圾桶裏飛出，飛過皇后道，拐彎，飛進一座高樓大廈，在一扇玻璃大門前面打旋。爺叔説：「這個地方叫咖啡館。」

咖啡館的大門開了，散出一股冷氣。一個梳着飛機頭的年輕人搖搖擺擺走了進去，我們「乘機」而入。

飛到裏面，爺叔問我：「怎麼樣？這個地方不錯吧？」

這地方真好，香噴噴的，不知道哪裏來的這樣好聞的氣息。男「人」們個個西裝筆挺、女「人」們個個打扮得像花蝴蝶。每張桌子上擺滿蛋糕、飲料和方糖，乾乾淨淨，只是太乾淨了，使我有點害怕。

爺叔不知道到甚麼地方去了。我只好獨自飛到「調味器」底下去躲避。

這張桌子，坐着一個徐娘半老的女「人」和一個二十歲左右的小白臉男「人」。

女人説：「這幾天你死在甚麼地方？」

小白臉説：「炒金蝕去一筆錢，我在別頭寸。」

女人説：「我給你吃，給你穿，給你住，天天給你零錢花，你還要炒甚麼金？」

小白臉説：「錢已蝕去。」

女人説：「蝕去多少？」

小白臉説：「三千。」

女人打開手袋，從手袋裏掏出六張五百元的大鈔：「拿去！以後不許再去炒金！現在我要去皇后道買點東西，今晚九點在雲華大廈等你——你這個死冤家。」説罷，半老的徐娘將鈔票交給小白臉，笑笑，站起身，婀婀娜娜走了出去。

徐娘走後，小白臉立刻轉換位子。那張桌子邊坐着一個單身女「人」，年紀很輕，打扮得花枝招展，很美，很迷人。她的頭髮上插着一朵絲絨花。

我立即飛到那朵絲絨花裏去偷聽。

小白臉説：「媚媚，現在你總可以相信了，事情一點問題也沒有。」

媚媚説：「拿來。」

小白臉説：「你得答應我一件事。」

媚媚説：「甚麼事？」

小白臉把鈔票塞在她手裏，嘴巴湊近她的耳邊，嘰哩咕嚕説了些甚麼，我一句也聽不清，只見媚媚嬌聲嗔氣説了一句：「死鬼！」

小白臉問：「好不好？」

媚媚説：「你説的還有甚麼不好？你先去，我還要在這裏等一個人。我在一個鐘點內趕到。」

小白臉説：「不要失約。」

媚媚説：「我幾時失過你的約？」

小白臉走了。

小白臉走後，媚媚走去賬櫃打電話。我乘此飛到糖盅裏去吃方糖，然後飛到她的咖啡杯上，吃杯子邊緣的唇膏。

正吃得津津有味，媚媚回座，一再用手趕我，我只好飛起來躲在牆上。

十分鐘後，來了一個大胖子，五十歲左右，穿着一套拷綢唐裝，胸前掛着半月形的金錶鏈。

大胖子一屁股坐在皮椅上，對媚媚説：「拿來！」

媚媚把六張五百元大票交給大胖子，大胖子把鈔票往腰間一塞：「對付這種小伙子，太容易了。」

媚媚説：「他的錢也是向別的女人騙來的。」

大胖子說：「做人本來就是你騙我，我騙你，唯有這種錢，才賺得不作孽！」

這時候，那個半老的徐娘忽然挾了大包小包，從門外走進來了，看樣子，好像在找小白臉，可能她有一句話忘記告訴他了。但是，小白臉已走。她見到了大胖子。

走到大胖子面前，兩隻手往腰眼上一插，板着臉，兩眼瞪大如銅鈴，一聲不響。

大胖子一見徐娘，慌忙站起，將女「人」一把拉到門邊，我就飛到大胖子的肩膀上，聽到了這樣的對話：

徐娘問：「這個賤貨是誰？」

大胖子堆了一臉笑容：「別生氣，你聽我講，她是僑光洋行的經理太太，我有一筆買賣要請她幫忙，走內線，你懂不懂？這是三千塊錢，你先拿去隨便買點甚麼東西。關於這件事，晚上回到家裏，再詳細解釋給你聽。——我的好太太！」

徐娘接過鈔票，往手袋裏一塞，厲聲說：「早點回去！家裏沒有人，我要到蕭家去打麻將，今晚說不定遲些回來。」

說罷，婀婀娜娜走了。

我立即跟了出去。我覺得這「天堂」裏的「人」，外表乾淨，心裏比垃圾還齷齪。我寧願回到垃圾桶去過「地獄」裏的日子，這個「天堂」，齷齪得連蒼蠅都不願意多留一刻！

一九五〇年作
一九八一年三月二十日改

【賞析】

　　《天堂與地獄》是劉以鬯早期的名作，他已不囿於現實主義的創作方法，嘗試運用新的構思，撰寫實驗小說。這篇小說最大的特點，就是將蒼蠅擬人化，作者巧妙地選定蒼蠅作為串起故事發展的線索，賦與牠觀察力和思考力，從而表達自己的思想。

　　在這篇小說中，蒼蠅在垃圾桶中飛出來，在一家咖啡館飛來飛去，作者就藉着蒼蠅的「視角」，揭露了社會爾虞我詐的本質。小說中的三千大元，先由半老徐娘送給她的小白臉，接着由小白臉轉贈他年輕的情人媚媚，然後媚媚將它上繳大胖子，最後再由大胖子交回他畏懼的太太，而這位太太就是那位半老的徐娘。三千元轉了一圈，又回到原來的起點上。那隻旁觀的蒼蠅，在飛了一圈之後，也回到了牠出發的垃圾桶，跟那三千元一樣。蒼蠅與三千元兩個環節緊緊相連，體現了小說結構的嚴謹。

　　蒼蠅經此一飛，目睹金錢，在不同的人物手中流轉，最後飛出新的看法「我覺得這『天堂』裏的『人』，外表乾淨，心裏比垃圾還齷齪」，而且還得出「我寧願回到垃圾桶去過『地獄』裏的日子，這個『天堂』，齷齪得連蒼蠅都不願意多留一刻！」的結論。表面華麗潔淨的咖啡館，其實是香港的縮影，人類面對金錢，內心比垃圾更骯髒。三千大元的循環，描畫出銅臭弄人的過程，而暴露社會醜惡的眾生相，正是小說家的焦點。

　　在《天堂與地獄》中，作者運用寓言的體式、擬人化的手法，以及環環相扣的結構，塑造具有寓意，亦帶象徵性的藝術形象，反映了他致力探索創作小說的新路向，試圖寫出與眾不同的小說，自此，他不斷地朝這方面摸索前進，鍥而不捨，力求突破。

　　他曾經表示：「我常常希望能夠用新的技巧來寫小說，總不能寫得合乎理想。『創新』這兩個字，說說容易，做起來，非常困難。」[1]

我們從劉以鬯後來的作品中可以看到，他沒有因為困難而放棄他的目標，反而是持續地在小說藝術上進行新的探索。

【注釋】

〔1〕 《劉以鬯談創作生活》，載於《開卷》第三卷第五期，一九八〇年十月號。

馬場奇遇

【題解】

香港賽馬歷史悠久，是香港最受歡迎的運動之一。早在殖民地時期，英國人已將賽馬運動帶來香港。香港賽馬會早於一八八四年成立，管理香港的賽馬運動。在香港，不少人認為賽馬等於博彩，大部分人進入馬場，主要是為了賭博。《馬場奇遇》寫於一九五○年，亦收錄在《天堂與地獄》中。作者藉主角在馬場的遭遇，寫出一篇反映現實的小說，將香港社會「聲色犬馬」的一面揭露出來。

【文本】

新春大賽第二日。

早晨十點鐘，我就趕到馬場去看攬珠。也許是「緣分福薄」，我所購的一百多條彩票，全部「出」圍，八十七個號碼，沒有一個不陌生。

我又接受了一次意料中的失望。

我走出攪珠房，在公眾棚的看台上坐下，翻開手裏的《馬與波》、《新馬考》、《馬彩》和幾份日報，仔細研究貼士。

十一點半，首次鳴鐘。

第一場，買了二十五元「半月灣」的獨贏票，結果跑了個第二。

第二場，買「必得」。「必得」素有短途王之稱，外加橡皮路，理應必得，然而卻跑了個第三。

第三場，買「木蘭」獨贏，又以一乘之差，敗於大冷門「銀狐」。「銀狐」溫拿分派二百十一元七角，派數之巨，使全部馬迷吃驚了。我則呆呆地愣着計算，説是羨慕倒也十分懊悔。翻開《馬與波》，上面不是明明寫着，「陶柏林騎銀狐，檔子極配，謹防冷門。」高崇仁先生終於言中了，但我卻沒有中。點數口袋裏的錢，一個月的稿費已輸去了一半。回去嗎？太早，我有點不服輸；不回去，萬一將稿費全部輸光了，明天的伙食將拿甚麼去開？我非常躊躇不決。正在躊躇不決時，忽然有人輕拍我的肩胛。

「先生，你的彩票落在地上了。」

回頭一看，是一個約莫二十幾歲的女人，藍旗袍，湖色織錦緞短皮襖，身材修長，瓜子臉，柳眉，鳳眼，英格麗褒曼[1]式頭髮，左頰有一顆迷人的酒窩。

我接過彩票，以為是我剛才購買的「木蘭」獨彩票，然而不是，那竟是一張五元的「銀狐」獨彩票。

「謝謝你，」我説，「這不是我的。」

她説：「這是你的，我親眼看見你手裏落下來的，拿去吧，快去領彩！」

我踟躕着，她將彩票塞在我手裏。

於是我意外地收穫了二百十一元七角，計算一下，除去剛才三場輸去的一百五十元，還贏五十餘元。

我拿餘下的五十元買了「基士卓」的獨彩票，「基士卓」一路領先，轉入直線時，忽然橫跑，奈何，奈何。

四場跑畢，中間有一個半鐘點休息。我獨自一個人走到「園餐館」去午餐。餐館裏食客很擠，我終於在角隅處找到了一個空位，剛坐下，竟發現「她」坐在我旁邊。

「運氣好嗎？」她問。她微微作笑着，左頰的酒窩很迷人。

「沒有輸贏。」我答：「你呢？」

「贏了一點。」

我向侍者要了兩客「馬場勝利飯」，然後問她：「很喜歡賭賽馬嗎？」

「這是我的職業。」

「職業？」

「我每次來總贏幾個錢，雖然不多，但是總贏。」

「我不相信。賭馬全憑運氣，説是一定有把握可以贏，是誰也不能置信的謊話。」

「你不相信嗎？」

「我不相信。」

「那麼回頭我同你一起去，只要你肯聽我的話，我保險你贏。」

「好的。」

於是我們匆匆吃完了午餐，付了賬，一同走進馬場。

「第五場，你看應該買甚麼？『可能』好不好？」我問。

她答：「甚麼都不買。」

馬賽開始了，我心裏想買「可能」，因為她不主張買，所以沒有買，結果「可能」居然跑了第一，我着實有點懊悔，心裏不住埋怨她。

第六場，我想買「十七號煙」，她說這是披亞士盃賽，宜看不宜買，所以又沒有買。結果「十七號煙」又獲冠軍，悔極。

第七場，沒有買，第八場依舊沒有買，我真不知道她葫蘆裏賣的甚麼藥，不買彩票，如何能贏錢。我實在熬不住了，我推說要到廁所去，偷偷到票櫃上去買了五十塊錢「恆星」的獨彩票和五十塊錢「恆星」的位置票，回到看台，她微微對我一笑，沒說甚麼。馬賽開始，「恆星」得了個第五，獨贏位置全部落空。我輸了一百塊錢。時已五點敲過，還有兩場，我問她：「第九場買甚麼？」她依舊說不買。我實在沉不住氣了，逕自去買了一百五十塊「好警察」的獨贏，因為新馬實力懸殊，位置派彩數目必定很少，所以沒有買位置。而結果呢？恰恰相反，「好警察」只獲得了位置。我又輸了。

我心裏非常納悶。

她問：「又輸了？」

「可以贏的，不買；買的不贏，哪有不輸之理？」我承認說話時語氣太重。

但是她卻毫不介意，她問我：「你還有多少？」

我說：「只剩五十幾塊了。」

「把錢交給我。」

「交給你？」

「我不是保險你贏錢嗎？」

「然而這已經是最後一場了。」

她沒有說甚麼，我把錢交給她，她關照我坐在看台上佔位置，她自己到票櫃上去買票，十數分鐘後，她笑嘻嘻地走上來，我問她買幾號，她沒有回答我。

馬賽開始，她態度非常鎮靜。

結果是「凌風」第一，騎師是從未獲過第一的黃金財。我問她：

「怎樣？」

她慢條斯理地從手提包裏取出一張彩票，我仔細一看，居然是十九號，溫拿；五十元，這一下，可真把我呆住了。我說：

「欽佩你的眼力！」

她笑了：「快去領彩金。」

「你這裏等我，我請你去進晚餐。」

她點點頭。我興高采烈地持了彩票去領錢，一共是四百三十一元，除去輸的，還淨贏一百多，我收了彩金，高高興興地走到看台上，但是她已經走了。我在看台上到處尋找，一直到觀眾散盡，還是沒有找到她。我只好一個人悵惘地走出馬場，搭車回家去。

在渡輪上，我想着剛才的種種不覺失笑了。伸手到口袋去掏煙，

卻掏出了一張字條，字條上是鉛筆寫的字：

「首先，我應該坦白承認，我在地上拾到的是一張當票，我知道你處境不好，所以換了一張銀狐的獨彩票給你。賭錢絕對不能穩贏，除非不賭。現在乘你去購票的時候，我寫了這張字條，同時將你的當票也一併附奉。在最後一場，我將購買一套獨贏票，這樣庶幾就不會落空。所以你贏了，但是事實上，你贏的僅僅是我的施捨而已。」

【注釋】

〔1〕 英格麗褒曼（Ingrid Bergman），生於一九一五年，卒於一九八二年，瑞典國寶級電影女演員，曾獲三座奧斯卡金像獎。她主演的《北非諜影》（一九四二年），是美國愛情片，也是電影史上經典電影之一。

【賞析】

馬場內的「我」，是個賣文維生的職業作家，他在馬場內，「一個月的稿費已輸去了一半」，就在這時，「我」碰到了一個來歷不明的奇女子，在作者的筆下，她是「一個約莫二十幾歲的女人，藍旗袍，湖色織錦緞短皮襖，身材修長……左頰有一顆迷人的酒窩」。

這位迷人的女士，挽救了「我」不斷輸錢的劣勢。最後，「除去輸的，還淨贏一百多」。

「我」收了彩金，回到看台上，女士已不辭而別。在回家途中的渡輪上，「我」在口袋中，卻掏出了一張字條，字條上是鉛筆寫的字——「……

賭錢絕對不能穩贏，除非不賭。⋯⋯你贏的僅僅是我的施捨而已。」大家可能猜到，這正是那位神秘女士留給他的忠告。

作者的文字精練，敍述流暢，在小說中，安排了戲劇化的情節，埋下伏筆，作好鋪墊，將矛盾勾勒出來，然後匆匆收筆，結局卻出人意表。

論者有謂，在五十年代，劉先生寫小說，熱衷於營造歐·亨利式「驚奇的結局」[1]（Surprise Ending）。也許，這就是一個例子！

【注釋】

[1]　歐·亨利是美國傑出的小說家，處理小說的結尾，既在意料之外，
　　又在情理之中，是他最具創意的貢獻。

蟑螂

【題解】

　　劉以鬯在《我怎樣學習寫小說》一文中提及，他曾於一九六五至一九六六年間，為《新生晚報》寫《有趣的故事》，邊寫邊發表，共寫了二十三萬字。在文中，他道出創作的動機：「寫這部小說的意圖是：將一個寫作人的願望、回憶、情緒、生活細節、內心活動與虛構的情節結合在一起，展示一些『快樂的或不快樂的』的事情。」大約在十年後，他將其中有關蟑螂部分抽取出來，改為約四萬字的中篇，至一九九○年，他「再一次刪削《蟑螂》，改為兩萬字的短篇」。《蟑螂》正是「從長篇中抽出來的短篇」，篇幅較長，寫的是一個作家與一隻蟑螂對峙的故事。

【文本】

一

一隻蟑螂，像流星，突然出現，突然消失。丁普的思路被岔開了，手裏執着筆，一個字也寫不出。一週前，寫好一封信，用糨糊封口，在桌面上放了一晚，第二天早晨，信封被蟑螂咬爛一條邊。

天氣悶熱，悶得連呼吸也感到困難，彷彿被關在密不通風的貯藏室裏，很不舒服。已是陽曆十月了，亞熱帶的氣候，在低氣壓過境前夕，依舊悶熱。丁普坐在燈下趕稿，枱燈發散出來的那一點熱，使他難受。他不自覺地咕噥幾句，聲音很低。

坐在衣車邊替丈夫車睡衣的丁太太問：「你在說甚麼？」

丁普驀地將手裏的鋼筆擲在桌面。——突如其來的動作，使丁太太吃了一驚。

「我必須改行！」丁普說出這句話時，口氣好像在跟別人吵架。他並不是第一次說這樣的話。每一次文思受阻，就會發牢騷。

丁普沒有大志，也沒有野心。對於他，生存是個謎，繼續生存則是順天理。其實，他也不是一個徹底的隱遁主義者，偶然的領悟是有的，卻不是真正的覺醒。他是個無神論者，走進教堂或廟宇時，總覺得生存不過是一種自然現象，出世與入世皆不能解決問題。生存如果有甚麼意義的話，那是因為所有的生命都會死亡；而死亡卻是永恆之根。丁普對工作感到厭倦時就會想到這些問題。這是思想的散步，可

以消除疲勞。

丁普的書桌很小，只能放一些簡單的文具。這書桌放在窗邊，抬起頭，可以望到更多的窗戶。這些窗戶到了夜晚，有的亮着電燈，有的則是一方塊黑色。

就一般的居住環境來說，王家分租給丁氏夫婦的兩個房間，不算好，也不算太壞。最低限度，對面那幢大廈，距離並不太近，隔着一條街。

縱然隔着一條街，每一次丁普抬起頭來，仍可清晰見到每一個窗內的動靜——如果那窗戶亮着電燈的話。香港人對這種「對窗」的環境，都不喜歡。不過，這些窗戶也不是完全沒有娛樂性的。尤其是丁普，每天必須伏案數小時，偶一抬頭，就可以將這些窗戶裏的動態當作戲劇來欣賞。丁普不認識那些窗內的人物，一個也不認識，只因時日已久，對每一個窗戶裏的人物多少有些認識。根據丁普看窗的經驗，最好的時間，應該是深夜過後。那時候，大部分窗戶的燈火都已熄滅，剩下少數幾個依舊亮着燈光，襯以黑暗的窗戶，顯得非常突出。每當文思不暢時，他就會抬頭作一次不經意的眺望。他甚至知道哪一個窗戶裏的主婦常常擊打孩子；哪一個窗戶裏的兩夫婦常常吵架；哪一個窗戶裏住着單身女子；哪一個窗戶裏住着一個風燭殘年的老嫗；哪一個窗戶裏養着一隻狗，成天狂吠；哪一個窗戶裏經常將百葉簾放下；哪一個窗戶前經常有三角褲與乳罩放在晾竿上。

丁普稱這些窗戶為「濃縮的現實」。

看了一會對窗，丁普額上有黃豆般的汗珠排出，一邊用手帕拭

汗，一邊繼續「爬格子」。

那蟑螂又出現了。這一次，並不立刻奔跑，貼在牆壁上，靜靜的，一動也不動，彷彿在等甚麼。如果不是因為觸鬚尚在抖動，丁普可能會以為牠已死去。談到死，蟑螂似乎注定要被人打死的。人類憎恨蟑螂。

丁普輕輕舉起蒼蠅拍，以迅雷不及掩耳的手法向那蟑螂拍去。蟑螂逃脫。丁普很失望，因此產生了受辱感，必須將牠打死。

時候已不早，對街那些窗戶裏的燈火大部已熄滅。他還有一千多字要趕。

趕稿時，那隻蟑螂出現了。丁普從眼梢中見到牠沿着書架的邊緣像流星般疾步而過。不願錯失這個機會，他舉起蒼蠅拍，重重拍了一下，聲音很響，卻沒有將蟑螂拍死。

「你在做甚麼？」丁太太問。

「拍蟑螂！」

「蒼蠅拍是拍蒼蠅的。」

丁太太的意思是：用蒼蠅拍拍蟑螂，顯然是選錯了工具。丁普的想法是：蒼蠅拍既可拍死蒼蠅，當然也可以拍死蟑螂。不過，此刻的他，雖不作聲，臉孔卻漲得通紅，像是羞慚，其實是被那隻蟑螂激怒了。他的尊嚴已受到傷害，非在那隻蟑螂身上表現他的權威不可。他具有殺死蟑螂的能力，必須將那隻蟑螂殺死。他已工作了好幾個鐘頭，早已將身子弄得非常疲倦。一個疲倦的人，最易惱怒。他蓄意要殺死那隻蟑螂，除了表現權力外，還想以此作為一種發洩。可是那蟑螂彷

佛故意跟他開玩笑似的，忽隱忽現。丁普心裏燃起無名火，緊握蒼蠅拍，睜大眼睛凝視蟑螂隱沒的地方，眼球比平時突得更出，泛浮着兇惡的青光。在等待那隻蟑螂重現時，心跳加速。

「你在做甚麼？」丁太太問。

丁普轉過身來，提起腳跟，輕步走到妻子旁邊，將嘴巴湊在她耳邊：

「我在拍蟑螂。」

「蒼蠅拍是用來拍蒼蠅的。」

「別那麼大聲。」

「怕甚麼？」

「蟑螂聽到你的聲音就不會出來了。」

「蟑螂才不理這一套！當牠們想咬東西時，即使開着收音機，也會到處亂竄。」

「這一隻不同。」

「甚麼不同？」

「牠……牠在戲弄我。」

「你一定非常疲倦了。」

夜漸深，丁普必須將應寫的稿子趕好。氣候悶熱，有閃電。這是陽曆十月，通常不大會有雷雨。枱燈像隻小電爐，照在臉上，熱辣辣的。腦子遲鈍，性情浮躁。這是應該上牀的時候了。智能逐漸失去控制力，握着筆的手仍在寫字。不過，這只是一種機械的動作。他的腦子空洞得像隻大氣球。

落雨了。雨點從疏落到急驟，最後變成水晶簾子，掛在窗前，連對街的「景色」也模糊不清。丁普放下原子筆，作一次深呼吸，內臟感到清涼。雨水從窗外吹進來，打在稿紙上，使那些已經寫好的字跡化成濕暈。他站起身，關上窗子。室內依舊悶熱。雖然氣窗還開着，外邊的涼風仍不能一下子將室內的悶熱之氣驅出。

　　蟑螂又出現了，丁普並沒有立刻用蒼蠅拍去拍，因為蒼蠅拍放在距離他約有六尺之處，不能隨手拿到。

　　文思受到阻礙，睜大眼睛凝視那隻蟑螂。

　　這是一隻大蟑螂，約有一寸半長，六條腿看來相當粗壯。當牠貼在牆上不動時，觸鬚如同京戲裏的雉尾生正在表演「耍翎子」的功夫。

　　對付一隻蟑螂，應該是不成問題的，只需舉手之勞，就可以將牠打死。這是天賦的權力，蟑螂也許不知道，丁普不會不清楚。

　　側身彎腰，伸手去拿拖鞋。由於蒼蠅拍不能發揮應有的效能，他決定更換「武器」。拖鞋的鞋底是髒的，擊打蟑螂，必會弄髒牆壁。為了獲得感情上的宣洩，也顧不得這麼多了。

　　悄沒聲兒拿起拖鞋，高高舉起，以敏捷的手法向蟑螂打去。

　　蟑螂沒有被他打死，只斷了一條腿。

　　那條斷了的腿貼在牆上。受傷的蟑螂轉瞬不見。

　　「你瞧你！稿子不寫，老是跟那隻蟑螂過不去，將牆壁都弄髒了！」

　　那隻受傷的蟑螂早已不知逃去甚麼地方，丁普縱有追殺之意，未必能夠立刻找到牠。時已不早，繼續浪費時間，就會得不到充分的睡

眠。雨勢似已轉弱，打開一扇窗子，讓清新空氣從外邊吹進來。丁普吸到清新的空氣，精神為之一振，要不了半個鐘頭，便將一千字寫好了。他感到疲勞，必須用睡眠恢復已耗的精力。上牀。翻來覆去，不能入睡。腦子靜不下來，每一次合上眼皮，就會想到那隻「可憎的蟑螂」。剛才，他用拖鞋擊打那隻蟑螂時，偏了這麼一點，沒有擊中牠的要害，要不然，這口氣也就出掉了。其實，蟑螂雖然可憎，究屬弱者，打死牠，不會使丁普增加一分驕傲；不過，費了那麼大的氣力，仍不能置牠於死地，丁普心裏總有些不舒服。他想到了一些有關生命的問題，這些問題像潮水般湧來湧去，只是難於找到不容置辯的答案。如果生命必須有個意義的話，可能只是與死亡的搏鬥。那隻斷了一條腿的蟑螂今晚雖然未死，總有一天要死的。想到這裏，神志漸漸迷糊。他做了一場夢，夢見自己走入一個奇異的境界，展現在眼前的是黑壓壓的一片。起先，他以為是黑色泥土；後來，才知道不是。泥土是不會動的，但是這廣袤無垠的「黑地」居然蠕動了。他吃了一驚，那「黑地」突呈分裂，定睛觀看，所見的黑地竟是千千萬萬碩大無朋的蟑螂。這些蟑螂的身體，每一隻都比丁普大幾倍，形狀可怖。丁普從來沒有見過這樣的怪物，心似打鼓，撲通撲通亂跳，不知道應該怎樣對付這些可怕的動物。想逃，蟑螂已從四面八方逼近來。想喊，喉嚨給甚麼東西堵住了，發不出聲音。蟑螂們的眼睛，彷彿水晶球一般，綠油油的，射出綠色的光芒。這些光芒，四處亂射，形成極其恐怖的氣氛。

　　那些碩大無朋的蟑螂們，志在報仇洩恨，忽然散開，留下一些不規則的空間，讓丁普在八陣圖式的環境中，拼力奔跑，尋找出路。

找不到出路，只在蟑螂與蟑螂之間無望地奔跑，奔跑，奔跑⋯⋯

渾身出汗，使他產生浸在水中的感覺。但是，他沒有浸在水中。他只是在一個恐怖的境界中奔跑。⋯⋯極度的恐慌，幾乎將他的理性奪去。他聽到震耳欲聾的吼聲，必須用手掩住自己的耳朵。抬頭觀看，才知道吼聲發自蟑螂。蟑螂怎會發生這樣巨大的聲音？他不解。他已恐慌到了極點，如同瘋子一般，拼命奔跑，嘶聲吶喊。

蟑螂不可能有這種恐怖的形態。出現在他面前的蟑螂，幾乎變成一群原始動物了，大得可怕，充滿侵略意味。

在這種情形下，蟑螂們想弄死丁普，是一件輕而易舉的事情，但牠們不願這樣做。牠們要戲弄丁普，不願意讓他死得太早。

處在這些巨大的蟑螂堆中，丁普覺得自己非常渺小。這種感覺，也許正是蟑螂在現實生活中見到人類所產生的感覺。

一切都調換了位置。他的權力已消失，再也不能用蒼蠅拍或拖鞋去擊斃任何一隻蟑螂。相反的，任何一隻蟑螂都可以輕易將他擊斃。

蟑螂與人類並無二致，當牠們掌握權力時，也會濫用，只是牠們採取的方式更狠：要對方在極度的痛苦中認識權力的可怕。

丁普已徹底了解弱者的痛苦，處在這種環境裏，得不到任何幫助。

處在這種境界裏，只有一個願望：早些死去。他已失去一切，也不能要求甚麼。死，乃是唯一的道路。但是，蟑螂們不肯讓他死。蟑螂們似乎存心將牠們的快樂建築在丁普的痛苦上，虐待他、迫害他、戲弄他。丁普雖已精疲力竭，仍不能不在極度的驚惶中奔跑，奔跑，

無休止的奔跑……

蟑螂們的吼聲，猶如驚浪駭濤在怒海中澎湃不已。這不是海，蟑螂也不能發出吼聲。問題是：丁普竟走進這樣一個不可能的境界。

他從未這樣恐懼過。恐懼已奪去他的生之意志。渾身熱辣辣的，內臟好像在燃燒。他以為自己病了。

「讓我死！」

他喊出這樣一句話。

喊出的聲音竟是如此的微弱。

站定，呼吸短促。出現在面前的，仍是成千成萬碩大無朋的蟑螂。他想死，只是找不到方法來結束自己的生命。如果他身上有一把小刀子，甚至是一塊很薄很薄的刀片，他就無須繼續接受痛苦了。他身上連一枚小針也沒有。

側着頭，將蟑螂的腹部當作牆，拼命撞去，以為這樣就可以獲得解脫，結果依舊沒有死成。

死亡，在這個時候，已變成最寶貴的東西。丁普不要生命，卻得不到死亡。

他從來沒有這樣需要過死亡，彷彿死亡已成為「最終目的」。

起先，他以為他的仇敵就是蟑螂，現在他知道這想法並不正確。他的敵人是他自己。只要有辦法消滅自己，就可以將他的敵人擊倒。

處在蟑螂的包圍中，比掉入深淵更可怕。他有勇氣接受死亡，卻沒有勇氣繼續生存。

在無可奈何中，又狂叫了一聲。

有人搖動他的肩膀，他醒了。

「你怎麼啦？」他的妻子問。

神志仍未清醒，他仍不相信已從極度恐怖的境界中回到現實。

「怎麼啦？你剛才在夢中吶喊。」

丁太太伸手扭亮牀頭几上的枱燈，燈光猶如長針，刺得丁普睜不開眼。丁普已醒，只因眼睛不能適應強烈的光芒，必須用手去遮擋燈光的侵襲。

雖已回到現實，仍不能克服內心的恐懼。

「做了噩夢？」丁太太問。

這是熟悉的聲音。唯其熟悉，才會產生鎮定作用。丁普偏過臉去，對睡在旁邊的妻子投以疑慮的凝視。他仍有疑慮，不相信已回到現實。那些巨大的蟑螂已不見，憑藉燈光，再一次見到了這個溫暖的家，以及那些熟悉的東西。

「我做了一場噩夢！」他說。

「夢見甚麼？」丁太太問。

丁普沒有勇氣將夢中情景講出，只好撒謊，說在夢中跌入深淵。丁太太笑了。丁普伸出手去，將牀頭几上的勞力士手錶拿過來，定睛細看：三點半。

「快睡吧，別胡思亂想。」丁太太說。

枱燈扭熄。丁太太一合眼，就睡着。丁普老是輾轉反側，不能入睡。他不是一個膽怯者。想着剛才那場噩夢，猶有餘悸。

他知道這種恐懼心理是荒謬的；荒謬的恐懼心理卻像繩索一般，

捆綁着他，使他不能獲得片刻的安寧。展現在眼前的，只是黑黝黝的一片。他討厭蟑螂。他的思慮機構忽然出現一些可怕的畫面，這些畫面清楚得像電影的大特寫。好幾次，他要轉移思路，但控制力已失。他不自覺地喊了一聲。丁太太從睡夢中驚醒，伸出手去扭亮電燈：

「怎麼啦？」

丁普不答。

「又做噩夢？」他的妻子問。

丁普搖搖頭，呼吸失去應有的均勻，額角有汗珠排出。

「不舒服？」丁太太問。

「沒有甚麼。」他答。

「明天還有許多事情要做，快睡吧。你心裏的恐慌沒有消除，亮着電燈，也許會好些。」

亮着電燈，情形好得多。他已十分疲憊，過不了五分鐘就睡着了。睡着後，又做了一些混亂的夢。這一次的夢，給他的困擾並不大。醒來，雨已停。天色依舊陰霾，窗外吹進來的風，相當涼。丁普一骨碌翻身下牀，覺得頭重腳輕。這是醉後常有的現象。不過，昨晚沒有喝過酒。當他洗臉時，他見到另一隻蟑螂在淺藍色的瓷磚上走來走去。想起昨夜那場噩夢，高高舉起拖鞋，對準蟑螂重重一擊。

蟑螂被壓得扁扁的。貼在瓷磚上。丁普舒口氣，撕下廁紙，將瓷磚上的蟑螂屍體抹去。

他殺死一隻蟑螂。對於他，這是一件微不足道的事情。對於別人，這也是一件微不足道的事情。昨天晚上，他做了一個可怕的夢。現在，

他在現實生活中殺戮一個生命。蟑螂的存在，與人類共一個天地，不會沒有意義。

「如果這個世界根本沒有蟑螂的話，生活在這個世界裏的人，一定會獲得更多的清靜。」他想。

站在蟑螂的立場，如果這個世界根本沒有人類的話，生活在這個世界裏，該是多麼的美好。對於牠們，人類是最可怕的動物。

吃早餐時，丁太太問：

「昨天晚上，你究竟夢見了甚麼？」

提到昨天晚上的夢，丁普的眼睛出現兩種表情，先是恐懼，然後憤怒。他說他做了一個夢，夢見自己跌入無底的深淵。這，當然是謊話。

吃過早餐，伏在書桌上寫稿。

過了兩個鐘頭左右，寫好三千字，有點渴，站起身，走去斟茶。就在這時候，竟發現那隻斷了一條腿的蟑螂在沙發的靠手上吃力地爬行。丁普的情緒頓時緊張起來，睜大眼睛凝視那隻蟑螂，想起昨夜夢中的情景，憤怒猶如火燄一般，在內心中熊熊燃燒。如果他想殺死這隻蟑螂的話，那是最容易不過的。那蟑螂已受傷，連疾步奔跑的能力也沒有。丁普要是不想弄髒沙發，只需用一樣東西輕輕一撥，將蟑螂撥在地板上，用拖鞋一壓，牠就會死亡。

丁普存心報復，不讓那隻蟑螂死得太快。只是伸出手去，以極其敏捷的手法，捉住牠的觸鬚，高高提起，看牠受苦。

蟑螂意識到自己處境的危殆。雖已受傷，剩下的五條腿，仍在凌

空亂舞。丁普有點驕傲，臉上掛着勝利的微笑。猶如葛列佛[1]在「立立濮」將那些小人放在手掌上一樣，用一種欣賞的心情去觀察。所不同者，葛列佛是沒有惡意的，丁普卻在虐待那隻蟑螂。

當那隻蟑螂在做無望的掙扎時，丁普笑了。

「現在，你的生死完全操在我的手中。我要你死，你非死不可！昨天晚上……」他說。

扭開水喉，在洗臉盆裏盛滿清水，將受傷的蟑螂放在水中。

蟑螂遭受丁普戲弄時，只當已獲釋放。雖然浸在水中，仍在拼力游泅。牠於昨晚受傷，經過一夜的掙扎，體力的消耗，乃是必然的。此刻，自以為已逃出生天，只需排除水的障礙，就可以逃抵安全地帶。牠變成丁普眼中的小丑。

在昨夜的夢境中，他遭受蟑螂們的戲弄，感到了前所未有的恐懼與焦灼。現在，他必須報復了。他知道：蟑螂在水中要是翻轉身的話，就會失去游泅的能力。於是伸出手去，用大拇指與食指捉住蟑螂的觸鬚，從水中將蟑螂提起，又將牠放回水中。這一次，故意使蟑螂背脊浮在水面。蟑螂很慌張，五條未受傷的大腿痙攣地亂爬。

丁普懷着報復心理觀看蟑螂在死亡邊緣上掙扎，感到極大的愉快。昨晚的夢，使他產生了不健康的報復心理。他一向討厭蟑螂，現在這種討厭的感覺已變成憎恨。

丁太太從廚房出來，經過沖涼房，見丁普兩眼直直地望着洗臉的瓷盆，忙問：

「你在做甚麼？」

「這隻蟑螂，昨晚被我用拖鞋打掉了一條腿，現在又出現了。」丁普答。

「既然又出現了，何不乾脆將牠打死？」

「牠掉在水中。」

「趕快將牠弄死吧。」

丁普並不將蟑螂弄死。他的妻子不明其意，掉轉身，走入臥房。

再一次，丁普用手指捉住蟑螂的觸鬚，將牠提起。

蟑螂脫離清水，生機恢復，雖已困乏無力，幾條腿又開始亂舞。

丁普將牠放在瓷盆的邊緣，看牠怎樣爬行。蟑螂已喝飽了水，而且斷掉了一條腿，行走時，顯得很吃力，彷彿馱着笨重東西似的。

瓷盆太滑，腿力又差，那蟑螂因身子失去平衡而跌落在地。

丁普彎下腰，用手指捉住牠的觸鬚，拾起，重新放在瓷盆邊緣，看牠爬行。

那蟑螂動作之遲滯，證明牠已精疲力竭。看樣子，生之渴望雖未消除，但已無力做最後的掙扎。丁普應該將牠放在地上，用腳底一踩，來個「人道毀滅」，才合理。他卻固執地不肯這樣做。他要報復。他將那隻垂死的蟑螂拎入房內，放在寫字枱上。

拿了一隻水仙盆來，盛以清水，再一次將受傷的蟑螂放入水中，使牠腹部朝天。

安排妥當，開始執筆寫稿。這天早晨，寫稿的速度特別慢，一直不能將精神集中起來。

放下手裏的筆，聚精會神觀看蟑螂做最後的掙扎。

蟑螂已不動，猶如一片落葉，浮在水面。

丁普拿起筆，用筆桿在蟑螂的腹上輕輕打了一下，蟑螂的幾條腿又痙攣地亂動起來。

丁普嗤鼻冷笑，暗忖：「現在，牠需要的不是生存，而是死亡。對於牠，死亡已變成最寶貴的東西。如果牠會講話，牠一定會求我將牠快些弄死。牠不會講話，我也不願意馬上將死亡賜給牠。我說『賜』，因為在牠的心目中，我是神。我可以給牠生，也可以給牠死。這是宇宙間最大的權力，現在卻握在我的手中。我是神！」

背後傳來妻子的聲音：

「為甚麼將蟑螂放在水仙盆中？」

丁普還沒有開口，丁太太就將蟑螂從水仙盆中拿了出來，擲在地上。

丁太太用腳去踏蟑螂時，蟑螂像支箭，逃到書架後邊去了。丁普見此情形，臉色發青，惡聲惡氣嚷了起來：

「都是你，又將牠放走了！」

「一隻蟑螂，何必這樣緊張？」

「這隻蟑螂……」說出這四個字之後，丁普不說下去了。

「你想說甚麼？」丁太太問。

「沒有甚麼。」

這是芝麻綠豆事，不值得討論。丁太太無意浪費時間，三步兩腳走去廚房。丁普則感到了極大的困擾，拿着筆，一個字也寫不出。他恨，恨妻子不應該將那隻蟑螂擲在地上，讓牠在必死的情形下逃脫。

剛才，一腳將牠踩死，豈不乾脆？現在，那隻受傷的蟑螂終於逃脱了。

念念不忘地想着那隻蟑螂，文思受了阻塞，寫不出甚麼東西。他有意將笨重的書架拉開，卻沒有這樣做。理由是：將書架拉開時，那蟑螂一定會迅速逃到別處去。

現在，他必須集中精神寫稿了。那蟑螂是不能加害於他的，事實上也沒有能力加害於他。

下午。密雲散開，有陽光。丁太太將碗筷洗淨後，提議出去看一場電影。為了那隻蟑螂，丁普緊張了一日一夜，也需要到外邊去走走了。丁普過去是個影迷，現在很少走進電影院。第一，空閒的時間不多；第二，良片太少。

丁氏夫婦看了一部戰爭片。這片子描寫二次大戰盟軍開闢第二戰場的情形。

從電影院出來時，彷彿做了一場噩夢。導演對殘酷的描繪，不但真實，而且是刻意的。好幾個特寫鏡頭，殘酷得令人難忘。

在一家佈置得相當現代化的餐廳喝茶時，丁普向侍者要了一杯烈性酒。

「平時，一個人殺死了另外一個人，是有罪的。但在戰場上，成千成萬的生命被殺戮了，誰也不必負責。這就是我們的文明。」丁普説。

丁太太聽了丈夫的話，臉上的表情嚴肅起來了。丁普喝乾一杯酒後，説：

「人可以隨便殺死蟑螂……」

丁普不再繼續說下去了，他的腦子裏產生一些不可解的問題。

要是整個宇宙完全沒有生命，這個宇宙的存在，有甚麼意義？

宇宙的主宰是誰？上帝，人類；抑或宇宙本身？

上帝創造生命的目的，是不是為了證明死亡？

宇宙是無限大的。一個無限大的東西，只有人類的想像才可以包容。根據這一點，人類的思慮機構當然比宇宙更大了。如果這個假定沒有錯，宇宙仍有極限。這極限的界線應該存在於所有生命的內心中。基於此，宇宙就不止一個了。宇宙有無數個，每一個生命佔有一個宇宙。當一個生命死亡時，一個宇宙便隨之結束。只要宇宙間還有一個生命存在，宇宙是不會消失的。反之，宇宙間要是一個生命也沒有的話，宇宙本身就不存在了。對於任何一個生命，死亡是最重要的。人類的歷史完全依靠死亡而持續……

丁普的思想，猶如斷線風箏，越飛越遠。

回到家，包租人王氏夫婦在吵架。王先生賭狗，輸了兩百塊錢，王太太將大花瓶摔碎在地板上。丁太太走去勸解，丁普走入自己房內閱讀晚報。在晚報的「港聞版」中，他看到一則可怕的新聞：周金財跳樓自殺。周金財是他的朋友。

對於別的讀者，這一則新聞等於天氣預測之類的報道，絕不會震驚。香港這幾年，人口激增，空間太小，建築物只好向高空發展。想自殺的人，要是買不到安眠藥，又沒有勇氣用刀子刺戳自己，多數會走上大廈的天台，咬咬牙，縱身一躍，結束自己的生命。這幾年，跳樓的人實在太多，大家對於諸如此類的新聞，不再感興趣。

拿着報紙，丁普三步兩腳走入包租婆的客廳，抖聲對妻子說：

「周金財跳樓了！那⋯⋯那個中馬票的人自⋯⋯自殺了！」

周金財的自殺，使丁普感到困擾。吃晚飯時，半碗飯也吃不下。飯後，伏在書桌上寫稿，一個字也寫不出。情緒亂得很，像亂絲般糾纏在心頭。丁太太了解他的心事，勸他拋開雜念。

「趕快寫吧。」她伸手打開煙盒，遞一支煙給丁普，替他點上火。丁普一連吸了好幾口，吐出一大堆青煙。腦子依舊在想着周金財，執着筆的手，機械地在稿紙上寫下這麼幾句：

「他是自殺的。不錯，他是跳樓自殺的。但是從另一個角度來看，他是被殺的！」

寫到這裏，有了突然的驚醒。放下筆，心裏有點害怕。他替報紙寫的是小說，這幾句話，並不是小說裏邊需要講的。這完全是一種下意識的舉動，寫了，連自己也不知道。他將稿紙撕得粉碎，擲入字紙簍。吸口煙，將煙撳熄在煙灰碟裏。再一次提起筆來，依舊寫不出。他一直在思念着跳樓自殺的周金財——一個曾經中過馬票的人。

蟑螂又出現。蟑螂是一種可厭的動物。丁普受了周金財自殺的影響，感情好像被人刺了一刀，需要新鮮的空氣去洗刷肺腑裏的悒鬱。推開窗，窗外的空氣很混濁，對街那些圖案式的窗門，看起來，像隻大鴿籠。

二

丁普想起了祖母。

祖母是一個可憐的老人，長期躺在牀上，即使最炎熱的天氣，也要用一條毛巾毯子掩蓋腰身以下的部分。丁普小時候曾多次問父親：「祖母為甚麼不下牀？」父親總説：「祖母有病，不能下牀。」丁普問：「祖母患的是甚麼病？」父親説：「等你長大後告訴你。」過了幾年，丁普問父親：「祖母為甚麼不下牀？」父親憤然答了一句：「這不是你需要知道的事情！」丁普的感情大受傷害，只好走去問母親。母親是個懦弱的舊式女子，常常接受祖母咒罵。母親不願意在任何人面前談到祖母，包括丁普在內。

有一天晚上，祖母在房內大聲喚叫。父母忙不迭走去觀看，丁普也跟在後邊。祖母吃了不潔的東西，突患腹瀉。她是從來不下牀的，便急時，總由父親或母親先將房門關上，然後用便器去盛。這天晚上，因為事情突然發生，大家性急慌忙，忘記將房門關上了。就在這一次的疏忽中，丁普看到了一項殘酷的事實：祖母是斷了兩條腿的。

第二天，丁普問母親：

「祖母怎會斷掉兩條腿？」

「誰告訴你的？」母親問。

「昨天晚上，我在房門口看得清清楚楚。」

母親要丁普去問父親，丁普將嘴唇翹得高高的。傍晚時分，父親公畢回家，丁普向他提出同樣的問題，他説了這麼幾句：

「祖母年輕時，在一條小巷子裏行走，巷子裏停着一輛貨車，車上堆滿笨重的木箱。由於繩索綁得太緊，『繃』的中斷，幾隻木箱同時掉落來，將她的兩條大腿壓斷了！」

丁普流了許多眼淚，覺得祖母很可憐。

祖母信佛，從小吃素，牀邊放着一隻小小的神壇，壇上有一個佛龕，佛龕裏有個白瓷的觀音大士。祖母似乎是不懂得甚麼叫作寂寞的。她的天地，就是這樣一個狹小的天地。當她寂寞時，她就會拿起佛珠，翻開那本《觀世音菩薩本跡感應頌》，唧唧咕咕，好像有一肚子的牢騷，必須講給菩薩聽似的。有時候，丁普經過祖母的房門口，聽到祖母的聲音，以為她在唸經，傾耳諦聽，原來她在跟自己講話。

祖母是常常跟自己講話的。有時候，還會跟自己吵架。

說起來，這似乎是一件令人難以置信的事情。但是，祖母的情形確是這樣的。她常常跟自己吵架。吵得最兇時，就放聲大哭。

從這一點來看，祖母的日子過得很痛苦。她是一個長期躺在牀上的人，居然還強迫自己吃「長素」。她不能從衣食上獲得快樂，也無意讓視覺與聽覺得到滿足，偏偏要在「食」的方面限制自己，虐待自己。這是甚麼道理？丁普想不通。

祖母性情急躁，稍不如意，就會大發脾氣。不過，她的心地非常善良，喜做善事。她常常閱讀報紙，只是從不關心國家大事。她所關心的新聞是：冬天有多少人凍斃在街頭，夏日有多少人在街頭中暑。有時候，慈善機構發起募捐，她一定響應。不過，有時候她又似乎是一點理性也沒有的。她常常責罵丁普的母親，無緣無故地罵。丁普的

母親是個賢惠的女性，總是忍住性子，逆來順受。丁普小時候，對祖母的態度很不滿。長大了，才知道這是一種變態心理。祖母是一個殘廢，祖父早已去世，膝下只有這麼一個兒子，當然不願意兒子將他的愛分給外人。在祖母的心目中，丁普的母親永遠是「外人」。

祖母從不將丁普當作「外人」。

就祖母這方面來說，丁普只是有血有肉的玩偶。

就丁普來說，祖母的存在是一種多餘。

丁普進教會大學讀書後，在信仰上，與祖母完全背道而馳。有一年冬天，祖母結了一件絨線衫給他，要他穿在身上，讓她看看。他不肯。母親厲聲責備丁普。丁普憤然將絨線衫擲在地上。祖母的嘴唇抖動了，用上排牙緊齧下唇，掙扎着控制自己，但是亮晶晶的淚珠，一滴繼一滴，沿着乾澀的臉頰滑落。丁普看不慣這樣的嘴臉，沉不住氣，索性走到外邊去看了一場電影。看過電影回家，一進門，就遇見醫生提着藥箱走出來。丁普大吃一驚，問母親：「甚麼人病了？」母親說：「祖母吐了幾口血。」

從那一天起，祖母的健康情形一天不如一天。母親說：「祖母患了嚴重的胃潰瘍，非動手術不可。」丁普走到祖母的牀邊，低聲求她饒恕。祖母牽牽發抖的嘴唇，滿佈皺紋的臉上，出現了安慰的微笑。她的眼眶裏，噙着晶瑩的淚水。「這是老毛病，」她說，「用不到擔心。」丁普哭得上氣不接下氣。祖母伸出發抖的手，撫摸丁普的頭髮。

丁普每晚上牀前，總是喃喃祈禱，要上帝幫助祖母驅除病魔。——祖母是個信佛的。

祖母不能下牀。

當她需要甚麼東西時，必須別人替她拿。丁普的父親不是有錢人，無力僱女傭。

「既然這樣痛苦，為甚麼還要活下去？生命給她的，除了痛苦之外，再也沒有別的東西。她為甚麼還要活下去？她對那間狹小的臥房，又有甚麼依戀？她的世界，就是那間狹小的臥房。這臥房以外的世界，對於她，幾乎全不存在。但是，為甚麼還要活下去？她對生命，究竟有些甚麼要求？這個世界，究竟還有些甚麼東西值得流連？生活給她的痛苦很大，她為甚麼還這樣愛惜生命？……」

每一次見祖母在痛苦掙扎時，丁普就會想到這些問題。

有一天，祖母忽然在房內大聲驚叫，丁普的父母走去觀看究竟。

「剛才，我做了一場噩夢，」祖母説，「在這場夢中，牛頭馬面帶了幾個小鬼，走來將我抓入鬼門關。……那地方陰森恐怖，到處是鬼叫，沒有太陽，沒有月亮，只是一片慘藍，可怕極了！」

丁普的父親説：「這是夢，何必害怕？」

「但是──」祖母邊哭邊説，「那些鬼卒，身材雖然矮小，模樣卻非常可怕，個個青面獠牙，各執刀叉，見到我時，不分青紅皂白，用鐵鏈往我頸上一套，一個拉手，一個扯腿，硬要將我拉去陰曹地府……」

祖母哭了。丁普站在父母後邊，見此情形，不但對祖母毫不同情，而且暗覺好笑。

「鬼卒們將我拉上森羅殿，」祖母抖聲説下去，「就咚咚咚地敲

響升堂鼓。我抬起頭來觀看，那閻王身穿蟒袍，頭戴平天冠，威風凜凜地坐在御座上，眼睛很大，大得像桂圓。我大呼冤枉，閻王用力拍響驚堂木，嚇得我渾身發抖……」

丁普的父親知道老人受驚了，忙加勸慰。但是，祖母被一個可怕的思念追逐着，必須將心裏的話講出：

「那閻王聽信判官的胡言亂語，指我生前造孽深重，罪大惡極，不讓我辯白，就糊裏糊塗吩咐牛頭馬面帶領幾個小鬼將我拉去尖刀山！……天哪，我是一個吃長素的人，斷了兩條腿，朝夕誦經，從未做過傷陰騭的事，閻王為甚麼要拉我去尖刀山？」

祖母哭得氣噎堵塞，似乎完全不能用理性去控制自己了。她已失去黑白之辨，連夢境與現實也分不清。

這是一件小事，不值得大驚小怪。但是從這件小事看來，祖母對生之依戀，仍極強烈。

之後，祖母常常在夢中見到牛頭馬面。她說：

「牛頭馬面有紅色的頭髮！」

又說：

「牛頭馬面的嘴又長又尖！」

又說：

「牛頭馬面的眼睛像兩盞小電燈！」

有一天晚上，落雨，一家人睡得比平時更早，也比平時睡得更熟。午夜過後，祖母忽然大聲驚叫起來：

「救命喲！救命喲！」

當他們疾步奔入祖母的臥房時，房內一片寧靜，甚麼事情都沒有。祖母睜大眼睛望着天花板，額角有汗珠排出。

「甚麼事？」丁普的父親問。

祖母抖聲說：「我……我做了一場夢。」

「夢見甚麼？」

「那些小鬼剝去我身上的衣服後，要我躺在一張鐵牀上，用巨大的釘子，釘住我的手。然後用鐵鞭抽撻，抽得我皮肉綻裂，遍體流血。……後來，又將我拉到一個可怕的地方，正中放着一隻偌大的湯鑊，鑊下有柴火，鑊中血水沸騰，幾十個小鬼不斷將新鬼擲入血水。新鬼們一入湯鑊，白骨頓現！……當那些小鬼將我投入湯鑊時，我醒了。」

祖母做噩夢，已經不是新鮮的事了。過去也曾夢見烹剝剖心或刵燒舂磨，只是這一次受的驚嚇最大，醒來後，噩夢變成了一個可怕的思念追逐着她，一若鬼魂追逐受驚的人。她的臉色很難看，神志有點恍惚。

祖母的病象越來越顯著，不但常在夜晚驚喊，甚至在白晝，也常說有鬼魂糾纏她。有時候，她哭，哭得歇斯底里；有時候，她笑，笑得歇斯底里。她依舊朝夕唸經，對菩薩的信仰仍未動搖。她不是經常見到鬼的。不過，當她見到鬼的時候，她就不是她了。有一天，丁普從學校回到家裏，發現祖母兩眼泛白，嘴角掛着一條血絲，忙不迭走去廚房喚叫母親。母親見到這種情形，立刻打電話給醫生。醫生來時，祖母已清醒。

祖母説：「剛才，有一個鬼卒，用刀子刺我的腹部。」

醫生説：「她的胃潰瘍又發了。」

丁普的母親説：「她的心理不正常。」

醫生認為病人有住院的必要，丁普的母親不敢做主。

醫生走後，祖母口口聲聲説是被鬼卒刺了一刀。丁普的父親回到家裏，祖母仍説被鬼卒刺了一刀，又説她在人世的時日已不多。但是她不願意死。丁普的父親對她説：

「你不會死的，那些鬼卒只是你的幻想。」

「他刺了我一刀！」

嘹亮的嗓子，證明祖母的生命力仍強。問題是：她對自己一點信心也沒有，總説腹部給鬼卒刺了一刀。

「醫生不是替你檢查過了，腹部一點傷痕也沒有。不相信，你自己仔細察看一下。」丁普的父親説。

祖母搖搖頭，完全不能用理智去驅除可怕的幻想。

從此，祖母的情形越來越嚴重，雖然沒有死，精神上已被鬼卒們拘去陰曹地府。

她常常見到牛頭馬面。她常常見到黑無常白無常。她常常見到判官與閻王。她常常見到手拿鐵鏈勾攝生魂的使者。她常常見到受酷刑的冤鬼。

有時候，她説她被擲在尖刀山上。……有時候，她説她被擲入沸騰的油鍋。……有時候，她説她被綁在燒得紅通通的烙鐵上，皮膚燒焦時，發出吱吱的聲音。……有時候，她説她被鬼卒們倒豎入舂

磨。……有時候，她説她被鬼卒們綁在木椿上，任由他們將她的心剖去。……有時候，她説她被鬼卒們剝去身上的衣服，裸體，赤足，遭受猾刀的亂砍？……有時候，她説她被鬼卒們囚在鐵籠裏，接受長叉的亂刺，成為肉醬。……有時候，她説她站在「望鄉台」上含着眼淚遠眺陽間的家中情形。……

丁普的母親説：「她的肉體雖然還活着，精神早已死去。」

丁普的父親説：「病魔糾纏着她，使她在肉體與精神上都受到極大的痛苦。」

丁普説：「祖母怕死。」

恐懼是一切病症之源。因此——

一個有雨的深夜，全家突被祖母的驚叫吵醒。祖母放開嗓子吶喊：「不要拉我去！不要拉我去！」

丁普跟隨父母走進祖母的房間時，祖母已停止呼吸。

三

冬天遲到了，早晚涼意仍濃。丁太太將丁普的西裝拿到洗衣店去的時候，發現西裝已被蟑螂咬了幾個小洞。丁普很生氣，到中環去送稿時，在一家藥房買了一瓶殺蟲水，準備向蟑螂宣戰。回到家裏，仔細閱讀印在瓶上的説明書，才知道這是最有效的殺蟲藥水，不但可以殺死蟑螂，而且可以殺死螞蟻、臭蟲、蜘蛛、蜈蚣、蚊子……總之，只要是昆蟲，都能殺死。正因為藥性強烈，丁普心中產生了一種勝利

感。他損失了一套西裝（可能還有其他的損失），不能不報復，這樣做，一方面固然為了防止更多的損失，另一方面，過分的憤怒必須獲得宣洩。丁普竟將蟑螂們基於本能的求食行為視作侵襲。這種侵襲，他是不能容忍的。他將殺蟲水噴在每一個角落，甚至連門框也噴了藥水。

「這是封鎖！」他説。

「你的意思是：門框噴了藥水，外面的蟑螂就不會走進我們的房間？」丁太太問。

「不但如此，」丁普説，「房間裏的蟑螂也走不出去了。」

丁普將那瓶殺蟲水往書架一放，準備隨時向蟑螂突擊。然後伏在書案上，寫稿。因為完成了一切「戰時」措施，內心也不像先前那樣激動了。他對殺蟲水，有充分的信心，相信那些齧破他的西裝的蟑螂們，已開始付出破壞的代價。

晚上，書架後邊有一隻大蟑螂慢慢爬出來。

「你看！」

正在用熨斗燙衣服的丁太太首先見到牠，如同探險家發現了寶藏，又驚又喜地叫了起來。丁普見到蟑螂，拿起拖鞋，正欲將蟑螂打死，卻被妻子阻止了。

「不要馬上打死牠。」

「為甚麼？」

「你看，牠在爬行時，動作緩慢，彷彿喝醉了似的，一定吸了殺蟲水。」

「但是，」丁普問，「為甚麼不許我將牠殺死？」

「我想知道那殺蟲藥水是否有效。」

丁普倒也有趣，找了一隻紙盒出來，將那隻大蟑螂放在紙盒內，噴些殺蟲水在蟑螂身上，合上盒蓋，用剪刀在盒蓋鑽幾個小孔。

「這是甚麼意思？」丁太太問。

「我不想使那隻蟑螂因窒息而死。」

丁太太笑笑，提起燙斗熨衣。房內瀰漫着殺蟲水的氣息，使她一連打了兩次噴嚏。丁普手裏拿着筆，卻不書寫，眼望攤在面前的稿紙，陷入沉思。他將自己想像成蟑螂的一份子，在一些黝黯的地方尋找可以齧咬的東西。驀地，有人噴射殺蟲水。蟑螂們大起恐慌，相繼失去爬行的能力，情形有點像第一次世界大戰英法軍在西線突遭毒瓦斯攻擊。想到這裏，丁普笑了。蟑螂雖然可惡，究竟是微不足道的。一瓶殺蟲水，就可以取得原子彈炸毀廣島的效果。

伸出手去，揭開紙盒的盒蓋，那蟑螂仍在蠕動。這種蠕動，已不再具有任何意義，充其量，只是死前的掙扎。丁普有意欣賞一隻蟑螂怎樣接受牠的最後，索性將盒蓋放在一邊。

「不要玩了。」丁太太説。

丁普聽到妻子的話，不加分辯，拿起原子筆，在稿紙上心不在焉地寫了幾行。

他想起那隻斷了一條腿的蟑螂。

牠是喝飽了水的，雖然逃脱了，未必能夠活得太久。如果牠還沒有死的話，吸了殺蟲水，非死不可。

丁普希望能夠再一次見到那隻斷了腿的蟑螂。即使這隻蟑螂已死，也希望能夠見到牠的屍體。

丁普的祖母也是斷了腿的。在人世掙扎了幾十年，臨死，對生之依戀，仍極強烈。

望望紙盒裏的大蟑螂。牠還在蠕動，兩條長長的觸鬚揮來揮去。

深夜，丁普將這一天的稿件全部寫好，舒口氣，點上一支煙。當他的視線落在紙盒上時，才發現那隻大蟑螂已僵直地躺在那裏。丁太太早已將衣服熨好，此刻正在廚房裏弄東西給丁普吃。丁普有一個習慣，臨睡總要吃些東西，否則就會失眠。

每天晚上，不將一天的工作全部做好就不會產生釋然的感覺。這一段時間，丁普稱之為「自由的時間」。他常在這一段時間讀書、覆信、翻閱郵集。……總之，這一段時間雖不長，卻能使他獲得最大的快樂。

現在，他既不讀書，也不翻閱郵集，只用原子筆在那隻蟑螂身上點了兩下，以為那隻蟑螂在裝死，那蟑螂卻僵直躺在紙盒裏，一動也不動。

丁太太端了一碗湯麵走進來。丁普大聲驚叫：

「我們已經獲得勝利了，我們已經獲得勝利了！」

丁太太莫名其妙，對丁普投以詢問的凝視，等他做進一步的解釋。丁普站起身，坐在方杌邊，用極其興奮的語調説：

「那隻蟑螂死了！那隻蟑螂死了！」

丁太太的反應冷淡：

「死去一隻蟑螂，也值得大驚小怪？」

「難道你還不知道？」丁普説，「那隻蟑螂的死亡，證明殺蟲水具有神效。這樣一來，我們就可以輕而易舉將那些蟑螂全部殺光！」

丁太太笑笑，用手指點點那碗麵：

「快吃吧，涼了不好吃。」

上牀後，丁普再一次想起斷了腿的祖母以及那隻斷了腿的蟑螂，過了半小時左右才睡着。睡後做了一場夢，夢見無數骷髏。醒來，已是翌晨。吃早餐時，翻閱日報，看到一則駭人的新聞：一個德國女藝員在九龍做公開表演時，偶一失手，從半空中掉落在地，死了。

生命就是那樣脆弱的，脆得如同玻璃片。就在那一剎那，也許是千分之一秒，也許是萬分之一秒，也許是十萬分之一秒，總之，是很短很短的一瞬，生與死的界限就清清楚楚地劃開了。

這當然是一件值得惋惜的事。最低限度，這件事使活着的人知道生命是高於一切的。失去生命，等於失去一切。即使那位女藝員生前是多麼的痛苦，一定也不甘接受這樣的厄運的，要不然，就沒有理由冒險。她的膽量未必比別人大，只是某種希冀使她將虛偽的信心視作真實。如果她對人生完全無所企求，一開始，就不會走上這條路子。既已走上了，只要慾望不太高，也不會發生這種意外。説意外，其實並不確切。她在拒絕架設安全網的時候，一定會想到這種意外的可能性。她願意將自己的生命當作賭注，企圖滿足一個無止境的慾望。在那個高高的鞦韆架上，她已有過十年以上的經驗。在這十年中，每一「出手」，總是贏的；但是這一天，由於一剎那的錯誤，終於將所有

的一切都輸去了。她不愛惜自己的生命？當然不是。她對生命如果沒有過分的熱愛，絕不會將冒險當作事業。她熱愛生命，因此失去生命。

吃過早餐，丁普伏在書桌上寫稿。

他寫了一段故事。然後又寫了一段。然後又寫了一段。

吃中飯的時候，又想起那個在表演時失去生命的德國女藝員。

報販送晚報來。晚報刊着兩則新聞，一則是一個少女服毒自殺，另一則是一個駕 MG 的青年在郊外的公路上失事。

他的手掌在出汗，不知何故。

噴過殺蟲水之後，蟑螂不常出現了。

丁普走去沖涼房，發現沖涼房仍有蟑螂在彩色的瓷磚上肆無忌憚地爬來爬去。

丁普回房拿殺蟲水。他説：「沖涼房有太多的蟑螂。」丁太太不許他到沖涼房去尋求報復的對象，丁普説：「沖涼房裏蟑螂太多，有礙衛生。」丁太太反對，理由是：在沖涼房噴殺蟲藥水，必須徵求包租人的同意。丁普生氣了，臉上的表情很難看。

下午，丁普照例到中環去送稿，順便走去一家西書店。對於他，逛書店早已成為生活上的一種必需了。

他買了一本書。

這是 J・丹佛斯的小説，題名：《一切的結束》，寫人類的最後。

在扉頁上，作者寫着這樣的一段：「這本小説中所描寫的事情，全部發生在未來。所謂『未來』，究竟多久？十年，二十年，或者二十年以上？但是，人類的『結束』可能在此刻很容易地來到了。除

非這個世界或者人類的精神能夠產生徹底的、基本性的改革，否則，世界末日隨時都會來臨。」

這是一個警告。

整部小說是一個警告。

J‧丹佛斯所描繪的是：人類最後數日的情形。故事以核子戰爭爆發作起點，俄國、歐洲與大部分美洲變成一片廢墟。其他的國家因此獲得釋然的感覺，以為這樣一來，他們就可倖免於難。結果，敵人也向他們進攻了。這一次，敵人投下的並非核子彈，而是「S一」彈。這「S一」彈是由人造衛星向地面射擊的，具有一種特殊的破壞力，爆炸時，細菌向各處蔓延，人類吸到後，立即病倒，以致死亡。這種由「S一」彈引起的病症，原有一個治療的方法，但是發明這種治療方法的科學家卻在戰爭中死去了。澳洲變成最後毀滅的地區。幾個最後的人類，匿居在澳洲偏僻處的農場裏，做最後的掙扎。他們的希望落空了，人類不再存在於地球。

雖然是小說家的想像，畢竟是可怕的。事實上，要是人類當真發動自殺戰爭的話，除了核子武器與火箭外，一定還有比「S一」更具殺傷力的武器。「S一」是小說家想像中的武器，只具代表意義，並不能證明「明日的武器」就是這樣的。「明日的武器」也許只存在於科學家的願望中，其殺傷力，目前誰也無法估計。

J‧丹佛斯憑其想像描繪人類絕跡後的地球，雖可怕，究竟不是真實。真實的情形，可能比他的想像更可怕，更殘酷！

地球的形成，已有億萬年。人類有記載的歷史，只有四千多

年。——這是事實。

這一項事實意味着甚麼？

依據丁普的猜想：在過去的億萬年中，人類可能已發生過一次，或者十次，或者一百次，或者無數次的自殺戰爭。

每一次，人類絕跡後，讓低等動物暫時佔領地球；然後由低等動物進化為人類；然後人類發揮高等智慧，然後人類毀滅自己；然後人類絕跡……這樣，周而復始，循環不已，成為一種自然的定律。

如果這猜想不錯的話，那麼人類必將依循這假想的自然定律去毀滅自己。

人類能不能改變自己的命運？人類能不能征服自然？

個體的死亡與整體的死亡有甚麼分別？

個體死亡後，整體繼續生存。這生存，對死去的個體，究竟有何意義？

生命的意義，難道只在於保持整體的生命的持續？生命究竟有沒有最終目的？

人類的自殺戰爭是否不可避免？個體的死亡是不可避免的，難道整體的死亡也不可避免？這是造物主的安排？造物主不允許人類的智慧獲得最高的發展？造物主故意讓人類的智慧獲得高度發展時，要他們發明不可抵禦的武器，毀滅自己？

人是萬物之靈，為甚麼連這一點簡單的常識也沒有？以目前的情形來說，火箭戰爭只需單擊電鈕，就可以爆發！人類為甚麼不設法避免？火箭戰爭的爆發，可能是技術上的錯誤或者電訊上的誤會；但是

人類為甚麼不設法控制？……

這些問題，有如潮水一般，在丁普的腦海裏湧來湧去。丁普感到困擾。

這天晚上，被那本《一切的結束》吸引住了，丁普上牀時，已是凌晨兩點半。在無比的寧靜中，他想起了Ｔ・Ｓ・艾略特的詩句。他已記不起哪一首詩了，但是他記得艾略特曾經在詩篇中透露過：世界並不是砰的一聲就結束的，它將在抽抽噎噎的嗚咽中結束。

然後他想起了愛因斯坦曾經説過的話：「我不知道第三次世界大戰將動用甚麼武器，但是我可以斷定第四次世界大戰必將以石頭做武器！」

他睡着了。

他做了一場夢。

他夢見火箭戰爭爆發。核子彈在上空爆炸。整個地球被輻射塵包圍着，變成一個有毒的物體。他自己則躲在冰天雪地的南極，以為這樣也許可以成為一個僥倖者。他身邊有一隻超級原子粒收音機。起先，還能收到一些不明地點的電台廣播，雖然聽不懂廣播員講的話，最低限度可以證明地球上的人類尚未完全毀滅。後來，這種不同言語的廣播越來越少了，使丁普感到極大的恐慌。不久，收音機除了噪音，再也聽不到人類的聲音。他知道：這是地球的最後了。四周是無比的闃寂，那闃寂彷彿一隻巨獸，張開血盆大口，隨時都會吞噬他。恐慌到了極點，驀地聽到尖銳的嘯聲，宛如鑽子一般，鑽刺他的耳膜。他意識到另一件可怕的事情已發生。疾步走出屋外，抬頭觀看，原來上空

有幾十枚人造衛星，正在發射飛彈。他以為這是核彈，但是他的猜測錯誤了。那是細菌彈……

丁太太見他在睡夢中叫喊，連忙將他推醒。

「你又在做噩夢？」她問。

丁普眼珠子左右亂轉，用微抖的語調答：

「我夢見世界末日。」

「甚麼？」

「我夢見世界末日。」

「你最近常做噩夢。」丁太太說。

丁普直起身子，背靠牀架，伸出手去打開煙盒，取一支煙，點上火，連吸數口。

「這是一個非常可怕的夢，」他說，「我夢見成千成萬的飛彈，像雨點一般，從人造衛星發射到地面。地球上所有的人類都死了。」

丁太太很少想到這一類的問題，聽了丁普的話，精神提起，睡意盡失。其實，她也有點擔憂。丁普最近心緒不寧，晚上常做噩夢。她擔心這種不安寧的情緒是一種病態。她說：

「我們到澳門去玩一天！」

「賭錢？」

「不，你知道我是不喜歡賭錢的。」

「既然不喜歡賭錢，為甚麼要到澳門去？」

「這些日子，你整天伏在書桌上寫稿，氣不舒暢，對健康有很大的影響。澳門離此不遠，坐水翼船，只需七十分鐘就到，早晨去，黃

昏回來。」

丁普將香煙撳熄在煙灰碟裏，尋思一陣，搖搖頭：

「澳門是賭城，我不喜歡賭錢，到澳門去，一點意思也沒有。再說，需要還的稿債太多，為了到賭城去玩幾個鐘頭，趕得上氣不接下氣，實無必要。」

丁太太認為：到澳門去玩一天，有益身心。即使走去賭錢，對不安的情緒也會產生鎮定作用。

四

丁氏夫婦搭乘水翼船，到澳門去玩幾小時。

因為是第一次坐水翼船，船頭離開水面時，丁太太的臉色轉青了。她不敢講話，也不敢張望小窗外的海景，合着眼皮，藉此避免嘔吐。

時間過得特別慢，過一分鐘好比過一個鐘頭。丁普常常看錶。

七十分鐘之後，抵達澳門。

香港到處矗立着高樓大廈，喜歡發思古之幽情的，不容易得到滿足；澳門不同，未上岸，就可以見到「東望洋燈塔」，據說已有一百年的歷史。

在市區的橫巷中，那些用石子鋪成的小路；那些泥垩剝落的牆壁；那些似乎再也經不起另一次颶風侵襲的民房，那些商店職員各自坐在櫃枱邊對街談話的情景……使遊客們產生回到過去的感覺。

丁氏夫婦雖不嗜賭，僥倖之心還是有的。當他們坐在賭枱邊的時候，也希望贏錢。不過，動機只想獲得一個新鮮的經驗。

　　在賭枱邊，他們見到一個中年婦人，臉孔紅通通的，滿額是汗。她的衣着很平常，除了一隻脹得近似臃腫的大手袋之外，甚麼首飾也沒有。從外表看來，她不像是有錢人。但面前堆着一沓鈔票，每一次下注，數目總是驚人的。丁氏夫婦雖然也是賭客，卻把精神集中在這個女人身上。對於他們，這個女人等於一齣現實戲劇的主角。這個女人的輸與贏，似乎比丁普自己的輸贏更重要。丁普願意看看一個女人怎樣用金錢去與慾望搏鬥，因此產生了許多猜想。起先，他將她想像作一個富孀。繼而，他將她想像作一個被遺棄的女人。最後，他將她想像作一個精神病患者。

　　那個婦人不像是個有膽量的人，但是下注時，膽量很大。有一次，她在「小」字放了很多錢，使同桌的賭客們個個將眼睛睜得大大的。她的運氣不壞，當她押輕注時，常輸；當她押重注時，常贏。堆在面前的鈔票，越來越高。

　　她的額角上仍有黃豆般大的汗珠排出。有時候，兩滴汗珠合在一起，沿着弧形的臉頰滑落，她才下意識地用手帕去拭。

　　她不大露笑容。即使贏了錢，也只有一種釋然的表情。

　　「走吧。」丁太太説。

　　丁普搖搖頭，並不説出理由。

　　那婦人似乎存心向命運挑戰，連中三元之後，竟將一大堆鈔票全部押在「小」字上。

大家屏息凝神地等待着，等盅蓋揭起。

荷官將盅蓋揭起後，用清脆的聲音嚷：

「貳三六，十一點，大！」

婦人的臉色驀然轉青。額角上的汗珠迅速聯結在一起，滑落。她沒有用手帕去拭，只是呆呆地望着賭枱，看賭場職員以極其熟練的手法將她的錢收去。

她依舊坐在賭枱邊，一連輸了好幾手。大家的注意力已被骰子的數字吸引過去，只有丁普仍在注意那個婦人。

婦人低着頭，先將黑色的大手袋打開，然後對打開着的手袋久久注視，好像在尋找甚麼。

丁普好奇心陡起，很想知道那個婦人將從手袋中掏出些甚麼東西。

她掏出三個一元的硬幣。

「這是她僅剩的錢財了。」丁普想。

丁普很想知道她怎樣利用這僅剩的三個硬幣去做最後的掙扎。

她將三個硬幣放在三個「六」上，買「位」。丁普覺得這個婦人很有趣。剛才，當她將一大堆鈔票放在「小」字上的時候，她的態度是泰然的；此刻，她將三個硬幣放在三個「六」上，手指微抖。

丁普希望她能買中這個「全色」。

揭盅：雙六一個四。

婦人很失望，呆了一陣，再一次打開手袋，橫看豎看，希望找到甚麼，可是再也找不到甚麼了。關上手袋，站起身，離開賭枱。丁普

望着她的背影，心裏產生一種不可言狀的感覺。

在賭枱邊又坐了一刻鐘左右，輸了一百多元，想走，外邊忽然傳來一陣騷擾。賭場裏的職員都很鎮定，冷靜得像石頭。那些賭客們對此事的反應，也不一致。贏了錢的，睜大眼睛，表示驚詫，其中也有走到外邊去觀看究竟的；輸了錢的人，只想將輸去的錢贏回，外邊發生甚麼事，引不起他們的好奇。

走出「澳門皇宮」，才知道有人跳海。岸上，船上，到處擠滿看熱鬧的人。說是「看熱鬧」，似乎不大確切，但是圍觀者個個懷着幸災樂禍的心理，卻是無可否認的事實。

水面上，有三個男子在游來游去，像三條大魚。

三個游得像大魚一般的男子，相繼在水面翻筋斗，潛入水中。

如果將這件事視作戲劇，鄰近水面就是舞台。三個男子潛入水中後，舞台上已無演員，觀眾們還是很有耐心地等待着。

水面冒出兩個頭。大家都很失望，因為這兩個正是游得像大魚一般的男子。

稍過些時，水面冒出一男一女。男的就是那個游得像大魚的人，女的臉龐被濕髮貼着，看不清楚。

在另外兩個男子的幫助下，那女的終於被救了上來。有人撥開掩蓋在她臉上的濕髮時，丁氏夫婦同時吃了一驚。這個女人，剛才曾在賭枱邊作孤注一擲。那三塊錢，不能使她在最後掙扎中取勝，撲熄了所有的希望之火，使她失去生之依憑，毅然投海，結束了自己的生命。現在，雖然有人施行急救，一個生命已被死神攫去。生命是屬於她的。

當她輸去最後的三塊錢後，除了生命，她已輸去一切。生命等於那最後的三塊錢，她願意怎樣處理，這是她自己的事。

丁普仔細端詳那婦人的臉相。婦人的眼睛睜得大大的，望着天，好像在責問造物主。最使丁普感到難過的，卻是那白中帶灰的臉色。這種顏色，使丁普想起了剛用菜刀刮去鱗片的魚身。

人，必須有動作，沒有動作的人，令人毛骨悚然。

「走吧。」丁太太説。

坐在三輪車上不知道應該去甚麼地方。

三輪車夫也很有趣，居然漫無目的地到處亂兜。每到一處，總是嘮嘮叨叨講述廉價的掌故，作為多索車資的藉口。

丁普一直在想着那個跳海自殺的婦人。

車子兜了一個圈，回到海旁區。丁普提議回港，丁太太不反對。

乘坐水翼船返抵香港，兩人走去一家西餐館吃東西。丁普不能忘記那張白中帶灰的臉孔。當他喝湯之時，他看到了一對眼睛——一對死人的眼睛。

「怎麼啦？」丁太太問。

「吃不下。」

「為甚麼？」

丁普呆望面前那碟法國洋蔥湯，臉上出現恐懼的神情。丁太太斷定他需要喝一杯酒，向侍者要了一杯威士忌。

五

寒流襲港，凍死三個人。那些坐在火爐旁邊吃「暖鍋」的人，猶嫌天氣不夠冷。「要是聖誕前夕的香港也會落一場大雪的話，該是一件多麼有趣的事。」有人說。這人今年又添製了幾件皮大衣，天氣不能不冷。香港就是這樣一個「不均」的地方。「有」的人有得太多，「無」的人非凍斃街頭不可。商場開紅燈，畢打街與尖沙咀的燈飾仍在替有錢人助興。有錢人需要熱鬧，聖誕前夕的大餐每客五十元。

聖誕前夕。丁普再一次見到了那隻蟑螂——那隻斷了一條腿的蟑螂。這件事，使丁普感到意外。第一，他以為這隻蟑螂早已死去；其次，自從用殺蟲水對房內的蟑螂發動總攻後，房內常有蟑螂的屍體發現。這隻斷腿蟑螂，失蹤了一個時期，此刻居然在窗檻上慢慢爬行。

從爬行的動作中，證明這隻蟑螂的體力已衰弱到極點。牠的爬行是痛苦的，幾近掙扎。丁普對牠的出現，在驚訝中感到好奇。

使丁普百思不解的是：這隻斷了一條腿的蟑螂一直躲在甚麼地方？室內遍灑殺蟲水，別的蟑螂死的死，逃的逃，牠怎會不死？……

這不是尋求答案的時候，他要欣賞這隻斷腿蟑螂怎樣掙扎。

蟑螂在窗檻上爬了兩尺左右，突然停步。丁普湊近去觀看，牠也不動。顯而易見的事實是：牠已精疲力竭，連繼續爬行的氣力也沒有了。

丁普一直憎恨蟑螂。當他見到這垂死的蟑螂在做最後的掙扎時，他想起了中過馬票而跳樓自殺的周金財；想起了 Ｊ・丹佛斯所描繪的

人類的最後；想起了那個在「澳門皇宮」輸去最後三塊錢而跳海的中年婦人……

這是聖誕前夕，位於亞熱帶的香港，天氣也相當冷。丁普以為這垂死的蟑螂抵受不了寒冷的侵襲，取出紙盒，在盒蓋上戳幾個小洞，將蟑螂放入盒內。然後從糨糊缸中掏了一些糨糊在紙盒裏，作為蟑螂的食物。

「這算甚麼意思？」丁太太問。

「牠就要死了。」丁普説。

「為甚麼不將牠一腳踏死？」

「牠就是那隻被我用鞋底打掉一條腿的蟑螂。我曾經用清水企圖淹死牠，牠沒有死。」

「因此，你很同情牠？」

「我覺得牠可憐。」

「如果蟑螂也值得憐憫的話，根本就用不到買殺蟲水了！你又不是小孩子，何必戲弄蟑螂？趕快將牠踏死！」

丁普不接受妻子的勸告。他不忍這樣做。這是平安夜，這是聖善夜。丁普雖非教友，也受到了宗教氣氛的感染。他不忍殺死一隻斷腿的蟑螂。他的感情似乎是無法解釋的。前此不久，他將所有的蟑螂視作仇敵。現在，一種不可言狀的衝動，使他必須拯救一隻受傷的蟑螂了。

丁普在澳門看到一個婦人因輸去最後三塊錢而跳海自殺後，感觸很多。他不知道死亡是否比生存更好，也不知道人生的最終目的是甚

麼。不過，既有生命存在，生命本身必具意義。生命若非造物主的玩具，仍是最寶貴的東西。

　　丁太太對丁普的做法，完全得不到合理的解釋。對於她，蟑螂是一種害蟲，將牠們打死是應該做的事情。丁普忽然大發慈悲，將一隻斷了一條腿的蟑螂放在紙盒裏，不但不將牠弄死，反而將糨糊當作食糧餵牠，必須有個理由。

　　「蟑螂有甚麼好玩？」她問。

　　「玩？」丁普的嗓子吊得很高，「我在拯救生命！」

　　「拯救生命？」

　　「牠就要死了。」

　　「既然如此，你為甚麼用殺蟲水將所有的蟑螂殺死？」

　　「我不應該打斷牠的腿……」

　　「你究竟還有多少字要寫？」丁太太轉換話題。

　　「有甚麼事嗎？」

　　「這是平安夜，這是聖善夜，別人都在狂歡，我們也該出去走走了。」

　　丁普將那隻藏着蟑螂的紙盒放在書架上。

一九六六年一月八日寫成

一九九〇年四月三十日修改

【注釋】

〔1〕　葛列佛，《葛列佛遊記》（*Gulliver's Travels*）中的主角，故事敍述他在小人國「立立濮」（Lilliput）的經歷。

【賞析】

《蟑螂》這篇力作，探討的是有關生命的價值和權力濫用的嚴肅問題。

劉以鬯曾在訪問中說過：「寫小說的人，不論有意無意，總會將自己的一部分借給書中的人物。」[1] 小說的主人公丁普，跟劉先生一樣，也是個職業作家，賣文維生。小說開首，先交代了背景，時為陽曆十月，天氣悶熱。

在作者筆下，丁普是個「無神論者」，認為「生存是個謎，繼續生存則是順天理」。他指出「生存如果有甚麼意義的話，那是因為所有的生命都會死亡；而死亡卻是永恆之根」。

坐在家裏寫稿，丁普能看到居所對面大廈內每一個窗戶的動靜，他稱之為「濃縮的現實」。有一天，他發現家中牆上，有一隻蟑螂，他拿蒼蠅拍打蟑螂，卻失敗了，後來，他拿拖鞋拍打牠，蟑螂只斷了一條腿，那條斷腿貼在牆上，受傷的蟑螂竟逃脫，令他氣憤不已。

晚上，丁普做噩夢，眼前是黑壓壓的一片，原來是「千千萬萬碩大無朋的蟑螂」。眼前的蟑螂，「幾乎變成一群原始動物了，大得可怕，充滿侵略意味」── 令丁普覺得自己非常渺小。他指出「蟑螂與人類並無二致，當牠們掌握權力時，也會濫用……」他唯一願望，就是「早些死去。……死，乃是唯一的道路」。他在夢中驚呼狂叫，醒後回到現實，仍

未能克服內心恐懼。

翌日，早餐後，他伏在書桌上寫稿，「竟發現那隻斷了一條腿的蟑螂在沙發的靠手上吃力地爬行」。丁普心存報復，伸手去「捉住牠的觸鬚，高高提起，看牠受苦」。然後將受傷的蟑螂放在洗臉盆的水中……將牠戲弄。接着，又將牠放在寫字枱上的水仙盆內，觀看牠最後的掙扎——「對於牠，死亡已變成最寶貴的東西」。他道出了心底裏的話。

豈料妻子卻不明究竟，將蟑螂擲在地上，讓牠逃脫了，教他感到非常憤怒。

然後，小說加插夫妻兩人看電影環節，電影主要描寫第二次大戰盟軍開闢第二戰場的情形。看罷電影，他有感而發——「在戰場上，成千成萬的生命被殺戮了，誰也不必負責。這就是我們的文明」。對於死亡的問題，丁普的思緒越飄越遠。他認為「對於任何一個生命，死亡是最重要的。人類的歷史完全依靠死亡而持續……」。

進入小說的第二節，丁普想起了死去的祖母。她斷了兩條腿，一直臥病牀中，她信佛，從少吃素。對丁普來說「祖母的存在是一種多餘」。久病的祖母不斷做噩夢——被鬼卒們拘去陰曹地府，飽受磨折。丁普認為「恐懼」是一切病症之源，也是導致祖母死去的原因。

在小說的第三節，丁普買來殺蟲水，向家中的蟑螂宣戰。這個晚上，他寫好稿，上牀後，又做了一場夢，夢見無數骷髏，很嚇人。醒後閱報，報上刊出駭人的新聞，「一個德國女藝員在九龍做公開表演時，偶一失手，從半空中掉落在地，死了」。生命的脆弱，令他感歎不已。下午，他出外交稿後，在書店買了一本 J・丹佛斯的小說《一切的結束》，此書描寫人類最後數日的情形，故事以核子戰爭爆發為起點，俄國、歐洲與大部分美洲變成一片廢墟。這天晚上，丁普又夢見「世界末日」的來臨。

隨後的一節，夫妻兩人到澳門散心，在賭場目睹一個婦人，她輸去最

後三塊錢，最終跳海自殺，丁普看見「婦人的眼睛睜得大大的，望着天，好像在責問造物主」。婦人之死，對他來說，也是一種衝擊，他不能忘記「那白中帶灰的臉色」。死亡成了小說一直探討的主題。

作者在最末的一節，寫聖誕前夕的丁普，又見到那隻斷了一腿的蟑螂，作垂死掙扎。他忽然大發慈悲，要拯救這隻受傷的蟑螂，把牠放在紙盒裏，將糨糊當作糧食來餵飼牠。

在小說開始時，丁普原與家中這隻蟑螂不共戴天，但在現實不斷的衝擊下，通過自我反省，令他放棄了偏見。作者在最後安排了一個出人意表的情節——丁普終於決定拋棄殺蟲水，將仁愛施予這個死對頭。這個寫法，為的是要建立一個「象徵」，將這隻小小的蟑螂，視作普天下的一切生物，以表達「生命誠可貴，縱權要不得」的意念。

也許，聰明的讀者可以從丁普身上，找到托爾斯泰《復活》中聶赫留朵夫[2]的影子。

劉以鬯創作這部小說，可算是「娛己」之作。小說更有意義的是，在作品誕生的那個年代，啟發、教育了更多身陷權力鬥爭的人，同時，亦道出個人對生命與死亡的看法。哲學系出身的劉先生，雖然早已改行，但當年的專業，卻回過頭來，將他的小說，提昇到另一境界。

他曾說：「文學作品不應單以表現外在世界的生活為滿意，更應表現內心世界的衝突。」[3]自一九六二年創作《酒徒》之後，劉先生幾乎沒有停止對心理敘事的探索，《蟑螂》亦不例外。

「文貴創新，寫小說必須寫出特性和品格。」[4]劉以鬯寫的小說，傾向以意識流作為技巧，但故事仍有發展的主線，以感官印象為主，內心獨白為輔。他主要寫出人的感情活動、意識乃至潛意識，以表現人物內心世界與客觀世界所產生的矛盾衝突。書寫的重點，不是寫人物做甚麼，而是寫人物隱秘、黑暗的心靈糾葛，描寫心理活動的篇幅，超過了寫實部分。

劉以鬯說過：「技巧當然是重要的；但是，內容也重要。」[5]他主張兩者並重。「我着重求新的意圖，希望能夠在浩若煙海的小說中寫一些具有新意的小說。……為了體現個人的風格，我嘗試將現代主義和現實主義結合在一起。」[6]劉以鬯這句話，正好說明這篇小說的特色。

【注釋】

〔1〕 《劉以鬯答客問》，載於《香港文學》雙月刊創刊號，一九七九年五月。
〔2〕 聶赫留朵夫，小說《復活》的男主人公，是「懺悔貴族」的典型。他既是貴族階級罪惡的體現者，同時又是其階級罪惡的批判者。
〔3〕 同注〔1〕。
〔4〕 《我怎樣學習寫小說》，見本書附錄，頁一八五。
〔5〕 《劉以鬯談創作生活》，載於《開卷》第三卷第五期，一九八〇年十月號。
〔6〕 《我怎樣學習寫小說》，見本書附錄，頁一八六。

動亂

【題解】

　　《動亂》寫於一九六八年，記述的是一九六七年香港「五月風暴」的動亂，最初發表於電影人主編的《知識份子》上。關於這篇作品的寫作背景，劉以鬯說過：「那時候的香港，因政治的關係，常常會有人做出反抗政府行為，他們甚至把馬路上的信箱也破壞了，當時我在樓上往下看到很多這樣的情況，所以把這種情形寫成沒有人物的小說，只專注寫出我的所看所聞，這就是《動亂》。」（見《「好的小說，一定要有新意」──答謝和答問》，載於《城市文藝》第四十七期，二〇〇九年十二月，頁十二）

【文本】

一

　　我是一架吃角子老虎，不是老虎。老虎有生命，我沒有。在這個

世界上，只有沒有生命的東西才可以吃角子。我與我的同類被幾個人用貨車載到這裏，已經是一年前的事了。那幾個人在人行道上挖幾個洞，將我與我的同類像小樹般「種」在洞內。小樹有生命；我沒有。鎳幣是我的食糧，我吃了不少，卻不會像小樹那樣長大。人們對我的印象都不好。有錢人將鎳幣塞入我的口中時，臉上的表情不好看。窮人雖然不將鎳幣塞入我的口中，卻常常對我怒目而視。我肚中的錢，他們拿不到。他們對我不滿，我不在乎。我甚至對自己的受傷也不在乎。這天晚上，幾百個人像潮水一般從橫街衝出來。有人大聲喊口號。有人用紅漆在壁上寫標語。有人焚燒計程車。有人搗毀垃圾箱。有人走到我面前，兩眼一瞪，用很粗很粗的鐵棍擊破我的臉孔。我受了重傷。他仍不罷休，繼續用鐵棍打我，直到我彎了腰，才快步走去別處。

二

我是一塊石頭。在極度的混亂中，有人將我擲向警察，那警察用藤牌抵擋。我不能衝破藤牌，掉落在地，任人踢來踢去。

三

我是一隻汽水瓶。說得更清楚些，我是一隻「七喜」汽水瓶。一個女孩子將我肚裏的汽水喝光後，我被放在汽水架裏。我一直在等待、等工友將我運回汽水廠，繼續裝汽水在我肚裏。這天晚上，一個年輕

人走來，伸出右手，握住我的脖頸，疾步下樓。我見到一片混亂。餐室門前有一輛計程車在燃燒。吃角子老虎被毀壞了。路牌被拔起。幾百個人在亂七八糟的長街上奔來奔去。警車疾駛而至，警察們各持木棍與藤牌，在街中心列成隊形。那年輕人像枝箭般穿出人群，將我擲在警察的鋼盔上。我粉身碎骨。

四

我是一隻垃圾箱。在混亂中，根本不知道事情怎會變成這個樣子。我也有好奇，很想對當前的混亂情形看看清楚。幾個人忽然圍住我，不管三七二十一，將我搗得稀爛。這是一群憤怒的人，我看得出。我不知道他們為甚麼這樣恨我。我受重傷時，身上只剩六個字：「保持城市清潔」。

五

我是一輛計程車。這天晚上，我停在「計程車停車處」。幾百個人從橫街像潮水般湧出時，有一名三劃警目走進我的肚內。之後，我被人群圍住。人群圍了一個圈，像鐵箍。有人將火油澆在我身上，劃亮一根火柴，點燃火油。我被灼傷了。那警目面臨生死關頭，拔出左輪，對人群射了一槍。槍彈穿入一個中年男子的大腿。中年男子跌倒。人群散開。三劃警目逃得無影無蹤。我在燃燒中，像一盞汽油燈，照

得大街通明。

六

我是一張報紙。我身上印滿了字，諸如「騷動區各校今停課」、「香港華人婚姻須一夫一妻制」、「勞資糾紛應衷誠解決」之類。這天晚上，一個婦人用我包裹一件銀器，走入當舖。當掉銀器後，婦人將我擲在當舖外邊的人行道上。不久，平地颳起一陣大風，我被吹到騷動地點。我在空中飄舞時，見到一片混亂。路牌、交通燈、垃圾箱、吃角子老虎……都被破壞了。我有點怕，希望大風將我吹去別處，但是我的希望落了空。風勢轉弱時我逐漸下降。我不想離開這個世界，卻在完全無能為力的情況中，飄落在那輛正在燃燒中的計程車上面。計程車還沒有完全焚燬，我已變成灰燼。我不知道為甚麼要在此犧牲。這裏邊應該有個理由，我不知道。

七

我是一輛電車。在所有的交通工具中，我的年紀可能最大。每天從早到晚，沿着路軌慢慢行駛。論速度，我無法與私家車、貨車或巴士相比，有時候甚至連腳踏車也趕不上；不過，大部分香港人都對我有好感。尤其是閒着無事而想看街景的人，總喜歡將我當作遊覽車。這天晚上，我從上環街市開出，向筲箕灣駛去，經過騷動地區，有人

用鏹水向我擲來，灼傷了兩位乘客，逼他們從車廂裏跳出。就在這時候，那司機也被人用石頭擊中額角，流出很多血。我再也不會動了，呆呆的停在那裏。對於我，這是新鮮的經驗。我從來沒有遇到過這種事情。我只有好奇，一點也不緊張。我看到吃角子老虎被人用鐵棍打彎腰；我看到一輛計程車在燃燒。與那輛燃燒中的計程車比起來，我是比較幸運的。我只是被人擲了一瓶腐蝕性液體，這種液體給我的傷害不大。至於那位司機，雖然受了傷，救護車駛到後；就被人抬走。救護車與警察隊幾乎是同時開到的。警察開到後，列成隊形，用擴音機勸告群眾散去，群眾不散，就勸告鄰近的居民關上窗戶，然後發射催淚彈。我是不怕催淚彈的。那些群眾終於疾步散開。氣氛越來越緊張。我倒覺得相當有趣。作為一輛電車，我對人類的所作所為根本無法了解。

八

我是一隻郵筒，警察隊還沒有開到，就有人將一根燃燒中的木條塞入我的嘴內。我一向將信當作食糧，吃下燃燒的木條後，胃部出毛病。

九

我是一條水喉鐵，性格向來溫和。被人削尖後，竟做了一件可怕

的事情。就在這天晚上，有人將我插入交通燈。

十

我是一枚催淚彈。在混亂中，我最具權威。我發散白煙時，人們就像見到一種古代怪獸似的，快步逃避。我從來沒有見過人類。這是第一次。人類實在是一種有趣的動物，尤其在驚惶失措時，奔來奔去，煞是好看。不僅如此，我對那些住在高樓大廈裏的人類也很感興趣。他們早已將窗戶關上。透過玻璃，我仍能見到四個人在打牌、學童在溫習功課、五六十歲的老頭子在戲弄十七八歲的少女、夫妻相罵、有錢人點算鈔票、病人吃藥、電視機的熒光屏上有一個美麗的女人、兩個中年男子在下象棋。……我看到的種種，都很有趣。想多看一些，卻不由自主地消散了，消散了，消散了。

十一

我是一枚炸彈。人們替我取個綽號，叫做「土製菠蘿」。我覺得這個名字比「炸彈」文雅得多。當人群因警方發射催淚彈而向橫街疾步奔去時，有人將我放在那輛電車的前面。電車司機已受傷，被救護車載去別處。大街一下子靜了下來。我的周圍沒有一個人，那隊警察也離我約莫七八十碼。我覺得孤獨。那種凌亂的場面忽然缺少生命的動感，使我對這個世界益感困惑。剛才還是鬧哄哄的，此刻只剩難忍

的寂靜。我不知道在等甚麼。不久，有一個軍火專家穿着近似臃腫的衣服走來了。

十二

　　我是街燈。對於這天晚上的事，我看得很清楚。八點鐘之前，一切都很正常：電車駛來駛去，人們沿着人行道走來走去。一切都很正常。八點敲過，有幾百個人拿着刀子、炸彈、鐵棍、石頭、汽水瓶、削尖水喉鐵、火油、木條等物從橫街像潮水一般衝出來。這時候，警察隊還沒有開到，只有一個三劃警目在向街邊小販提出警告。當人群開始搗毀吃角子老虎與交通燈與垃圾箱與郵筒時，十幾個人疾步走去追趕三劃警目。這三劃警目是個小胖子，奔不快，急中生智，進入一輛沒有司機的計程車的車廂，企圖乘車離去。群眾將計程車團團圍住，用火油從車頂澆下。點上火。那三劃警目拔出左輪，發射一槍，一名男子腿部受傷，人群散開。一輛電車駛來了，人群用鏹水擲向車廂。電車司機受了傷。警察大隊分乘五輛警車瞬即開抵。警察們在街中心排成隊形，群眾向警察投擲石頭與汽水瓶。站在最前面的那個警察，用擴音機勸告群眾散去。群眾不散，繼續用石頭、汽水瓶之類的東西向警察擲去。警方再一次用擴音器向鄰近居民提出警告，要大家關上窗門。鄰近立刻起了一片關門關窗聲。催淚彈爆發。人群散開。救護人員將受傷的電車司機抬入救護車。救護車響起尖銳的警鈴聲。緊張的情勢漸告緩和，騷動似已平息；但是街中心還有一枚炸彈。警車裏

走出一個軍火專家，將那枚炸彈爆了。炸彈爆開時，有不少彈片從我身旁飛過。我沒有受傷。我看到騷動過後的凌亂與恐怖的寧靜，恨不得將光芒收斂起來。約莫一小時過後，警隊離去。人們又從屋內走出。就在漸次恢復正常的時候，一個人被另一個人用刀子刺死。

十三

我是一把刀。警隊離去後，一個青年將我插在另一個青年的腰部。那被刺的青年跌倒在地，不久便停止呼吸。我在血液中沐浴。

十四

我是一具屍體。雖然腰部仍有鮮血流出，我已失去生命。我根本不知道將我刺死的人是誰，更不知道他為甚麼將我刺死。也許他是我的仇人。也許他認錯人了。也許他想藉此獲得宣洩。也許他是一個精神病患者。

總之，我已死了。我死得不明不白，一若螞蟻在街邊被人踩死。這是一個混亂的世界。這個世界的將來，會不會全部被沒有生命的東西佔領？

一九六八年二月廿二日，香港。

【賞析】

　　作者將不同物件，包括吃角子老虎、石頭、汽水瓶、垃圾箱、計程車、報紙、電車、郵筒、水喉鐵、催淚彈、炸彈、街燈、一把刀⋯⋯化成敘事者的獨白，鋪展出暴動時的紛亂場面，物與物之間，有如蒙太奇般跳接，最後視點落到一個本是活人但已失去生命的屍體身上。

　　「這是一個混亂的世界。這個世界的將來，會不會全部被沒有生命的東西佔領？」在小說的末段，作者提出這個問題，留待讀者去思考。

　　《動亂》既無故事性，也沒有人物，作者匠心獨運，致力於場景的描寫，從而展示社會的動亂。

　　全篇採用擬人手法，直接以文學寫作演繹社會時事，透過小說的內容，讀者還可以認識到昔日香港社會的情貌。

吵架

　　《吵架》作於一九六九年，寫的就是一場夫妻的吵架。

　　正如也斯所說，「《吵架》發表在《幸福家庭》，一方面是符合家庭雜誌的家庭題材，寫兩夫婦吵架，但另一方面是違反了（挑戰了、擴闊了）這類雜誌的文類習慣，以向新小說致意的冷靜描寫物件的手法，寫夫妻吵架後的破碎現場，呈現了不那麼幸福的家庭。這種文本與發表場域的互動關係，是香港獨有的特色。」（見也斯《〈吧女〉的脈絡》，載於《吧女》，獲益出版社，二〇一一年，頁七）劉以鬯將一篇這樣題材的小說，發表在《幸福家庭》上，實在帶有強烈的諷刺意味，也彰顯出他的智慧。

【文本】

　　牆上有三枚釘。兩枚釘上沒有掛東西；一枚釘上掛着一個泥製的臉譜。那是閉着眼睛而臉孔搽得通紅的關羽，一派凜然不可侵犯的神

氣，令人想起「過五關」「斬六將」的戲劇。另外兩個臉譜則掉在地上，破碎的泥塊，有紅有黑，無法辨認是誰的臉譜了。

天花板上的吊燈，車輪形，輪上裝着五盞小燈，兩盞已破。

茶几上有一隻破碎的玻璃杯。玻璃片與茶葉羼雜在一起。那是上好的龍井。

座地燈倒在沙發上。燈的式樣很古老，用紅木雕成一條長龍。龍口繫着四條紅線，吊着六角形的燈罩。燈罩用紗綾紮成，紗綾上畫着八仙過海。在插燈的橫檔上，垂着一條紅色的流蘇。這座地燈雖已傾倒，依舊完整，燈罩內的燈泡沒有破。

杯櫃上面的那隻花瓶已破碎。這是古瓷，不易多得的窰變。花瓶裏的幾枝劍蘭，橫七豎八散在杯櫃上。杯櫃是北歐出品，八呎長，三呎高，兩邊有抽屜，中間是兩扇玻璃門。這兩扇玻璃門亦已破碎。玻璃碎片散了一地。陽光從窗外射入，照在地板上，使這些玻璃碎片閃閃如夏夜的螢火蟲，熠呀耀的。玻璃碎片鄰近有一隻竹籃。這竹籃竟是孔雀形的，馬來西亞的特產。竹籃旁邊是一本八月十八日出版的《時代雜誌》，封面是插在月球上的美國旗與旗子周圍的許多腳印。這些腳印是太空人杭思朗的。月球塵土，像沙。也許這些塵土根本就是沙。月球沙與地球沙有着顯著的不同。不過，腳印卻沒有甚麼分別。就在這本《時代雜誌》旁邊，散着一份被撕碎的日報。深水埗發生兇殺案。精工錶特約播映足球賽。小型巴士新例明起實施。利舞台公映《女性的秘密》。聘請女傭。梗房出租。「名人」棋賽第二局，高川壓倒林海峰。觀塘車禍。最後一次政府獎券兩週後在大會堂音樂廳攪珠……

撕碎的報紙堆中有一件襯衫，一件剪得稀爛的襯衫。這件稀爛的衣領有唇膏印。

餐桌上有一個沒有玻璃的照相架。照相架裏的照片已被取出。那是一張十二吋的雙人照，撕成兩邊，一邊是露齒而笑的男人；一邊是露齒而笑的女人。

靠近餐桌的那堵牆上，裝着兩盞紅木壁燈。與那盞座地燈的式樣十分相似：燈罩也是用紗綾紮成的，不過，圖案不同，一盞壁燈的紗綾上畫着《嫦娥奔月》；一盞壁燈的紗綾上畫着《貴妃出浴》。畫着《嫦娥奔月》的壁燈已損壞，顯然是被熱水壺摔壞的。熱水壺破碎了，橫在餐桌上，瓶口的軟木塞在牆腳，壺內的水在破碎時大部已流出。壁燈周圍的牆上，有水漬。牆是鬆着棗紅色的，與沙發套的顏色完全一樣。有了一灘水漬後，很難看。

除了牆壁上的水漬，鋪在餐桌的抽紗枱布也濕了。這塊抽紗枱布依舊四平八穩鋪在那裏，與這個房間的那份凌亂那份不安的氣氛，很不調和。

叮嘟嘟嘟……

電話鈴響了。沒有人接聽。這電話機沒有生命。電話機縱然傳過千言萬語，依舊沒有生命。在這個飯客廳裏，它還能發出聲響。它原是放在門邊小几上的。那小几翻倒後，電話機也跌在地板上。電線沒有斷。聽筒則擱在機上。

電視機依舊放在牆角，沒有跌倒。破碎的熒光幕，使它失去原有的神奇。電視機上有一對日本小擺設。這小擺設是泥塑的，缺乏韌力，

比玻璃還脆，着地就破碎不堪。電視機的腳架邊，有一隻日本的玩具鐘。鐘面是一隻貓臉，鐘擺滴答滴答搖動時，那一對圓圓的眼睛也會隨着聲音左右擺動。此刻鐘擺已中止搖動，一對貓眼直直地「凝視」着那一列鋼窗。這時候，從窗外射入的陽光更加乏力。

叮嘟嘟嘟⋯⋯

電話鈴又響。這是象徵生命的律動，闖入凝固似的寧靜，一若太空人闖入闃寂的月球。

牆上掛着一幅油畫。這是一幅根據照片描出來的油畫。沒有藝術性。像廣告畫一樣，是媚俗的東西。畫上的一男一女：男的頭髮梳得光溜溜，穿着新郎禮服；女的化了個濃妝，穿着新娘禮服，打扮得千嬌百媚。與那張被撕成兩片的照片一樣，男的露齒而笑；女的也露齒而笑。這油畫已被刀子割破。

刀子在地板上。

刀子的周圍是一大堆麻將牌與一大堆籌碼。麻將牌的顏色雖鮮艷，卻是通常習見的那一種，膠質，六七十元一副。麻將牌是應該放在麻將枱上的，放在地板上，使原極凌亂的場面更加凌亂。這些麻將牌，不論「中」「發」「白」或「東」「南」「西」「北」都曾教人狂喜過，也怨懟過。當它們放在麻將枱上時，它們控制人們的情感，使人們變成它們的奴隸。但是現在，它們已失去應有的驕矜與傲岸，亂七八糟地散在地板上，像一堆垃圾。

飯客廳的家具、裝飾與擺設是中西合璧而古今共存的。北歐製的沙發旁邊，放一隻純東方色彩的紅木座地燈。捷克出品的水晶煙碟之

外，卻放一隻古瓷的窰變。不和諧的配合，也許正是香港家庭的特徵。有些香港家庭在客廳的牆上掛着釘在十字架上而呈露痛苦表情的耶穌像之外，竟會在同一層樓中放一個觀音菩薩的神龕。在這個飯客廳裏，這種矛盾雖不存在，強烈的對比還是有的。就在那一堆麻將牌旁邊，是一軸被撕破了的山水。這幅山水，無疑，有印，不落陳套，但紙色新鮮，不像真跡。與這幅山水相對的那堵牆上，掛着一幅米羅〔1〕的複製品。這種複製品，花二三十塊錢就可以買到。如果這畫被刀子割破了，決不會引起惋惜。它卻沒有被割破。兩幅畫，像古墳前的石頭人似地相對着，也許是屋主人故意的安排。屋主人企圖利用這種矛盾來製造一種特殊的氣氛，顯示香港人在東西文化的衝擊中形成的情趣。

除了畫，還有一隻熱帶魚缸與一隻白瓷水盂。白瓷水盂栽着一株小盆松，原是放在杯櫃上的，作為一種裝飾，此刻則跌落在柚木地板上。盂已破，分成兩邊。小盆松則緊貼着牆腳線，距離破碎了的水盂，約五六呎。那隻熱帶魚缸的架子是鋁質的，充滿現代氣息，與那隻白瓷水盂放在同一個客廳裏，極不調和，情形有點像穿元寶領的婦人與穿迷你裙的少女在同一個場合出現。

熱帶魚缸原是放在另一隻紅木茶几上的。那茶几已跌倒，熱帶魚缸像一個受傷的士兵，傾斜地靠着沙發前邊的擱腳橙。缸架是鋁質的，亮晶晶，雖然從茶几掉落在地上，也沒有受到損壞。問題是：魚缸已破，湯湯水水，流了一地。在那一塊濕漉漉的地板上，七八條形狀不同的熱帶魚，有大有小，躺在那裏，一動也不動。在死前，牠們必然

經過一番掙扎。

　　這飯客廳的凌亂，使原有的高貴與雅致全部消失，加上這幾條失水之魚，氣氛益發凄楚。所有的東西都沒有生命。那七八條熱帶魚，有過生命而又失去，縱縱橫橫地躺在那裏。

　　電話鈴聲第三次大作。這聲音出現在這寂靜的地方，具有濃厚的恐怖意味，有如一個跌落水中而不會游泳的女人，正在大聲呼救。

　　與上次一樣，這嘹亮的電話鈴聲，像大聲呼救的女人得不到援救，沉入水中，復歸寧靜。

　　突然響起的電話鈴聲固然可怕，寧靜則更具恐怖意味。寧靜是沉重的，使這個敞開着窗子的房間有了窒息的感覺。一切都已失卻重心，連夢也不敢闖入這雜亂而陰沉的現實。

　　那隻長沙發上放着三隻沙發墊。沙發墊的套子也是棗紅色的，沒有圖案。除了這三隻沙發墊之外，沙發上凌凌亂亂地堆着一些蘋果、葡萄、香蕉、水晶梨。……有些葡萄顯然是撞牆而爛的。就在長沙發後邊的那堵牆上，葡萄汁的斑痕，紫色的，一條一條地往下淌，像血。

　　水果盤與煙碟一樣，也是水晶的，捷克出品。因撞牆而碎，玻璃碎片濺向四處。長沙發上，玻璃片最多，與那些水果屬雜在一起。

　　長沙發前有一隻長方形的茶几。

　　茶几上有一張字條，用朗臣打火機壓着。字條上潦潦草草寫着這樣幾句：

　　「我決定走了。你既已另外有了女人，就不必再找我了。阿媽的電話號碼你是知道的，如果你要我到律師樓去簽離婚書的話，隨時打

電話給我。電飯煲裏有飯菜，只要開了掣，熱一熱，就可以吃的。」

一九六九年九月三日

一九八〇年八月二十三日改

【注釋】

〔1〕 米羅，即胡安‧米羅（Joan Miró），一八九三出生於西班牙巴塞隆拿，卒於一九八三年。他是著名畫家、雕塑家、陶藝家、版畫家，超現實主義的代表人物。

【賞析】

傳統的小說有人物，也有情節，劉以鬯卻反其道而行。作者說過「《吵架》是沒有人物的小說，從另一視角寫家庭糾紛。」〔1〕

小說寫得非常精彩，電影感極為強烈，文字如電影鏡頭般流麗地移動，以無聲的靜態反照出吵架時的激烈，彷彿有個鏡頭在推移，讀者跟着鏡頭，看到了夫婦吵架後現場的凌亂——天花板上有兩盞小燈已破的吊燈、座地燈倒在沙發上、杯櫃上面有被摔碎的花瓶、撕碎的報紙、剪得稀爛的襯衫、撕成兩邊的照片、沒有人接聽的電話……

在作者的筆下，場景雖然凌亂不堪，卻具有嚴密的藝術構思，每一物像都互有聯繫，如下列的一段文字描繪：

「牆上掛着一幅油畫。這是一幅根據照片描出來的油畫。沒有藝術性。像廣告畫一樣，是媚俗的東西。畫上的一男一女：男的頭髮梳得光溜

溜，穿着新郎禮服；女的化了個濃妝，穿着新娘禮服，打扮得千嬌百媚。與那張被撕成兩片的照片一樣，男的露齒而笑；女的也露齒而笑。這油畫已被刀子割破。」

小說中的人物，雖然始終沒有出場，但藉着文字的魅力，已被烘托得影像浮現；故事雖然沒有情節，但作者運用不同的藝術手法，營造出吵架後的環境和氣氛。客廳慘遭破壞後的畫面，道出了夫婦吵架的程度、原因，事件就在側寫中呈現在讀者眼前。

小說的結尾部分，妻子留下的字條寫着：「我決定走了。你既已另外有了女人，就不必再找我了。阿媽的電話號碼你是知道的，如果你要我到律師樓去簽離婚書的話，隨時打電話給我。」這篇小說的結局，絕不是「驚奇的結局」，主題在題目中，早已明顯地展現出來。

這張字條很重要，暗示了事態發展的可能性，女主角表面決絕，但內心仍存在着難以割捨的感情；和解並非不可能，「電飯煲裏有飯菜，只要開了掣，熱一熱，就可以吃的。」最末的一句，便是一個證明，她那微妙矛盾的心理，在字裏行間已盡顯。

這篇短篇小說，不直接描寫人物、事件，卻又表現了人物、事件的構思和手法，正表明了作者在小說藝術上勇於創新的嘗試。

【 注 釋 】

〔1〕 《我怎樣學習寫小說》，見本書附錄，頁一七八。

穿黑襯衣的白種人

【題解】

　　《穿黑襯衣的白種人》，寫於一九七四年，原刊於《娛樂一週》，雖然在暢銷刊物上發表，亦不乏實驗意味，是一篇雅俗共賞的小說，其後收錄在《黑色裏的白色　白色裏的黑色》一書。黑白是對立的顏色，對比強烈，「穿黑襯衣的白種人」指的就是小說中的外籍男主角，女主角遇上他，視之為假想的未來對象。

【文本】

　　朱蝶托着盤子，冉冉走到那個穿黑襯衣的白種人面前。那個白種人，坐在角隅處，笑瞇瞇的望着她，露出潔白而又整齊的牙齒。（剛才，我走來問他吃甚麼東西時，他也笑得這樣可愛。他為甚麼見到我就笑？一定對我有好感了。）這樣想時，將熱氣騰騰的咖啡倒在杯子

裏。那白種人對她説了一句「謝謝你」之後，問她有甚麼東西好吃的。（他的英語講得相當流利，但咬字不準，不像英國人，也不像美國人。可能是法國人。可能是德國人。可能是丹麥人。丹麥男人多數是色狼。法國男人也多數是色狼。德國男人比較正經些。）他在等她回答。她卻彷彿啞了似的，睜大眼睛望着他，不講話。他重複剛才講過的那句問話。她閃閃眼睛，露了一個蜻蜓點水的笑容。「這家餐廳的炸蝦盒很出名。」她説。他點點頭，向她要了一客炸蝦盒。她寫單。（他很年輕，很斯文，不像是一個色狼型的男人。）寫好單，走去櫃面。

這是下午五點一刻。餐廳的生意很好。雖然餐廳是大酒店附設的，因為座落在中環，本地食客反而比遊客多。那些在寫字樓忙了一整天的本地人，總愛在回家之前走來吃些點心。

食客雖多，朱蝶卻呆站在櫃枱邊，好像沒有甚麼工作需要做似的。對於她，此刻的餐廳裏，只有一個客人：那個年輕的穿黑襯衣的白種人。她常常乜斜着眼珠子望他，發現他也一直睜大眼睛望着她。每一次，他們的視線接觸時，他就會露出潔白而整齊的牙齒。（他對我有好感。這是很容易看得出來的。餐廳裏還有七八個女侍，他不注意她們，卻老是將注意力集中在我的身上，就是一種證明。外國遊客到香港來觀光，對中國女人特別有好感。三個月前，有個美國遊客到這裏來吃東西，看中了比蒂，要比蒂放工後陪她到夜總會去。第二天，那美國遊客就送了一隻大鑽戒給她，向她求婚。那美國遊客年紀不小了，卻很有錢，據説是個企業家，因為死了老婆，到香港來散心，竟看中了比蒂！）想呀想的，好像在睜着眼睛做夢。（比蒂長得一點也

不漂亮。許多人都説我比她漂亮得多。她會被有錢人看中;我一定也會遇到有錢人的。)望望那個坐在角隅處的白種人,發現那個白種人仍在睜大眼睛望着她。(上星期,比蒂還從美國寄信回來,説是住大洋房,坐大汽車,不但有穿制服的司機,還有兩個美國女傭服侍她,日子過得像王妃一樣。)

炸蝦盒煮好了。朱蝶再一次走到那個穿黑襯衣的白種人面前,將炸蝦盒放在桌面上。(他又對我笑了。我必須找個話題跟他兜搭。)桌面上,放着一架新型的照相機與一本《香港指南》。

「第一次到香港來?」她問。

「是的。」

「一個人?」

「是的,我單獨一個人到香港來觀光。」

「為甚麼不跟你的太太一同來?」

「我還沒有結婚。」

「為甚麼不參加旅行團?」

「我不喜歡接受別人的安排。」

「但是,」她用塗着紅色指甲油的食指點點桌面上的那本書,「單靠一本《香港指南》,不可能認識真正的香港。」

「我需要一個嚮導。」

「任何一個初到香港的單身遊客,都需要一個嚮導。」

「你肯做我的嚮導嗎?」

朱蝶正要答話,鄰近有個食客大聲喚她了。(真討厭!)沒有辦

法，只好懶洋洋地走過去。那食客向她要一客公司三文治。她寫單，走去將單子放在櫃面。（我必須緊緊抓住這個機會。他的意思不是已經明白表示出來了。如果他對我沒有好感的話，決不會要我做他的嚮導。要我做他的嚮導，其實只是一種藉口，主要還是想追求我。）望望他，他在吃炸蝦盒。（比蒂就是在這種情況中認識那個美國富翁的。除非我不想過王妃般的日子，否則，就不能放過這個機會。）這樣想時，不自覺地移動腳步了。如果那個穿黑襯衣的遊客是一塊吸鐵石的話，她就是一枚釘子。

「叫甚麼名字？」穿黑襯衣的遊客問。

「朱蝶。」

「我叫亞道佛。」

「丹麥人？」

「瑞典人，住在斯篤克霍姆[1]。」

「聽說斯篤克霍姆是個美麗的城市，有許多美麗的女人。」

「說起來，你也許不會相信。」

「甚麼？」

「我喜歡東方女人。」

「我與你恰好相反。」

「怎麼樣？」

「我喜歡西方男人。」

聽了這句話，那個名叫「亞道佛」的瑞典遊客笑得更加可愛。

（他的牙齒很白！很整齊！他的鼻樑很挺，好像是經整容專家動

過手術的。他的頭髮，鬈曲得很自然。這種鬈曲的頭髮，東方人很少有。我喜歡這種頭髮。我喜歡潔白的牙齒。我喜歡筆挺的鼻樑。我喜歡穿黑衣服的白種人。嫁給這樣一個男人，應該算是非常理想了。他不會沒有錢。瑞典人的經濟情況都很好。他有能力從遙遠的北歐走來香港旅行，經濟情況決不會差。他未必像比蒂的美國丈夫那樣，是個企業家；不過，他的經濟情況相信不錯。他穿的襯衣，質料很新。瑞典人很注重衣着。瑞典人是快樂的。許多瑞典電影都說了這一點。所以，嫁給瑞典人一定可以過幸福快樂的日子。瑞典。斯篤克霍姆。美麗的雪景。英瑪褒曼。玻璃器皿。……）

「你在想甚麼？」亞道佛已將炸蝦盒吃下。

「想瑞典。」朱蝶答。

「你到過瑞典？」

「沒有，」朱蝶說，「我只是在電影中看過瑞典的景色。」

「你要是到瑞典去居住的話，一定會喜歡瑞典的。」

（他講這兩句話，究竟甚麼意思？我是香港人，一直是住在香港的，除非嫁給瑞典人，否則，不大有可能到瑞典去居住的。他講這兩句話，不但是一種試探；而且是一種暗示。他在試探我的心意。他在暗示他的心意，難道他當真看中我了？這，當然是極有可能的事。那個美國闊佬結識比蒂後，第二天就送了一隻大鑽戒給她。如果我不想失去這個機會的話，就該給他一些鼓勵。）

「明天，」她說，「我陪你到各處去走走。」

「明天，你不需要做工？」

「我可以告假。」

「為了我？」

「為了你。」

亞道佛笑了，露出潔白而又整齊的牙齒。（多麼可愛的笑容！跟這樣一個男人生活在一起，不説別的，單是這可愛的笑容，已是一種極好的享受了。）朱蝶睜大眼睛一眨不眨凝視亞道佛，將他的笑容當作藝術品來欣賞。

「明天，」亞道佛問，「你將帶我到甚麼地方去？」

「白天，到新界去兜一圈。新界有許多東西值得參觀的：沙田的望夫山與萬佛寺、大埔的松園仙館、站在落馬洲上遠眺華界的景色、荃灣的圓玄學院、青山的青山禪院、錦田的凌雲寺。」説到這裏，若有所悟地「噢」了一聲，改用興奮的語氣説下去，「凌雲寺的素菜，是全港最好的。我們應該去凌雲寺吃一頓素菜！此外，錦田的吉慶園也值得一看。到了晚上，我帶你上山頂去吃西餐。山頂餐廳的情調特別好，坐在靠窗的座位，可以鳥瞰港九的萬家燈火。你還沒有上過山頂？」

「沒有。」

「沒有上過山頂的人，等於沒有到香港來過。明天晚上，你會見到一個使你畢生難忘的美麗景色！」

「但是，」亞道佛説，「這樣一來，我就沒有時間買東西了。你不能忘記：香港是購物天堂。」

「你想買甚麼？」

「想買的東西很多；不過，必須買一隻鑽戒。」

（鑽戒！他要買鑽戒！比蒂剛結識那個美國闊佬的時候，那個美國闊佬也是先買了鑽戒才向她求婚的。難道這是歐美人的求婚方式？）

朱蝶笑了，笑得眼鼻皺在一起。「後天，」她說，「後天陪你去買東西。」說出這話時，眼睛裏浮泛着興奮的光芒。

「後天一清早，我要搭乘飛機到日本去。」亞道佛說。

「你不是到日本去觀光過了？」朱蝶問。

亞道佛掏出皮夾，從皮夾裏取出一幀彩色照片遞與朱蝶觀看。

「這是誰？」朱蝶問。

「上次，我到日本去的時候結識她。」亞道佛笑得很可愛，「後天，我要趕去日本與她結婚！」

一九七四年五月五日寫成

原載《娛樂一週》第七十三期

【注釋】

〔1〕　斯篤克霍姆，即瑞典首都斯德哥爾摩（Stockholm）。

【賞析】

　　小說中的女主角朱蝶，是餐廳女侍，工作時遇上一個「穿黑襯衣的白種人」亞道佛，他原來是來自瑞典的遊客，兩人交談的過程中，引起了朱蝶不少的浮想遐思。

　　小說的敘事結構與別不同，作者以兩種語言模式寫作，一種採取傳統的敘事方式，保留了人物的對白與動作；另一種則運用括號，寫出女主角的內心獨白，以表達她斷斷續續的思緒。例如：「（剛才，我走來問他吃甚麼東西時，他也笑得這樣可愛。他為甚麼見到我就笑？一定對我有好感了。）」

　　這兩種語言模式交替出現，撞擊出特別的藝術效果，製造出新奇感和陌生感。小說內容看似簡單，作者以人物瑣碎的對話，推動故事的發展。

　　在情節方面，作者亦頗花心思，刻意的經營，不到結局，不知人物的命運，在閱讀上，為讀者帶來懸念和趣味。

　　朱蝶心中一直都在忖度，以為亞道佛這位外籍人士對她有意。例如：「（他對我有好感。這是很容易看得出來的。餐廳裏還有七八個女侍，他不注意她們，卻老是將注意力集中在我的身上，就是一種證明。）」

　　在小說的結尾——「『上次，我到日本去的時候結識她。』亞道佛笑得很可愛，『後天，我要趕去日本與她結婚！』」

　　作者寫出典型的「驚奇結局」，不單粉碎了朱蝶的夢想，而且出乎讀者意料之外。

微型小說

二〇〇〇年十一月七日，多雲，有雨，天文台懸掛一號風球。

【導讀】

　　微型小說又名小小說，正如劉以鬯在《淺談短短篇小說》所說：「小小說，英文是 Short Short Story，即短短篇小說。……微型小說是『微』『小』的小說，用短小的篇幅表達最『大』的思想內容。微型小說雖然字數並無規定；但字數絕對不能太多，通常，超過兩千字，就有可能歸入短篇小說。」

　　他又說：「好的微型小說都能『小中見大』、『短中求精』。換言之，寫微型小說不但『式樣』需要『特殊』，而且敘述需要『精簡』；不但敘述需要『精簡』，而且需要做到『美好無缺』。」[1]

　　劉以鬯寫過不少微型小說，本書選取的幾篇作品，正符合了作者的要求。

【注釋】

〔1〕　《淺談短短篇小說》，選自《舊文新編》，天地圖書有限公司，二○○七年，頁一二三。

夏

【題解】

　　《夏》是劉以鬯早期的作品，寫於一九六八年，原刊於《新晚報》，是一篇生活氣息極為濃厚的寫實之作。香港的夏天，熱得教人受不了，一群小市民，同一屋簷下，會發生甚麼故事？

【文本】

　　二十五日下午三點，氣溫高達攝氏三十五度七，為香港有史以來七月份最高的溫度。這一天，住舊木樓的人，彷彿坐在蒸籠裏，氣也透不轉。

　　這層木樓是由二姑包租的，住着十幾伙人家，不但冷巷住滿人，而且還搭閣仔，使一層樓變成兩層樓。全層樓的面積，只有四百餘呎，卻住着三十幾個人。

過去，人們總將這一類的木樓喻作鴿籠，現在，由於熱浪襲港，這一類的木樓變成大蒸籠了。

天氣酷熱，一絲風也沒有。住在「蒸籠」裏的人，肝火特別旺。

傍晚時分，因為尾房的阿鳳在沖涼房的時間太久，引起中間房的祥伯不滿。祥伯在門外大聲嚷：

「喂！這不是你的私家浴室，請你洗得快一點！」

阿鳳不理他，只裝沒有聽見。祥伯是個賣糖水的，剛從外邊回來，滿身大汗，必須沖涼。

但是阿鳳在沖涼房裏，久不走出來。祥伯忍無可忍，用唱戲似的嗓子嚷：

「喂！你究竟在裏邊做甚麼，繡花？」

阿鳳依舊不理他。她的母親李嫂聽到祥伯的喊聲，疾步走出來，兩眼一瞪，尖聲説：

「你吵甚麼？人家總不能沖到一半就走出來！」

「李嫂，你是一個明白人。這層樓住着三十幾個人，天氣這樣熱，要是個個像阿鳳那樣，沖一個涼，要花一個多鐘頭，那麼沖到明天也輪不到住牀位的人！」

李嫂正要開口，住閣仔的大頭仔提着一隻鋅鐵桶與毛巾走來了。祥伯對大頭仔説：

「喂！我等先，你跟在我後面！」

大頭仔涎着臉説：「大家都是男人，怕甚麼？我們兩個人一起沖。」

祥伯無意與大頭仔多講，舉起手，正欲拍門，想不到門就「呀」的一聲啟開了。阿鳳從沖涼房走出時，狠狠瞪了祥伯一眼。祥伯急於沖涼，不理會這些。

　　兩人走入沖涼房，將門關上。剛放水，又有人敲門。門外的人嚷：

　　「我是單眼陳，請你們開門。我趕着要出街！」

　　「不行！」祥伯大聲説，「裏邊已經有兩個人了，怎麼可以三個人一同沖？」

　　「祥伯，我趕着要出街，天氣這樣熱，不沖涼，怎麼能夠出街？你們要是不讓我一起沖，明天我就霸住沖涼房，不讓你們沖！」

　　沒有辦法，祥伯只好將沖涼房啟開。單眼陳走進沖涼房後，將門關上。三個人脫得赤條條的，在一間狹小的沖涼房裏沖涼，阻手阻腳，想快，也快不出。就在這時候，又有人敲門。

　　門外傳來包租婆二姑的聲音：

　　「你們三個人在裏邊做甚麼？玩水？我要沖涼了，請你快點走出來！」

發表於一九六八年七月二十七日《新晚報》

【賞析】

　　小説描述六十年代的香港，低下階層的生活情境。幾十個人住在一層活像「鴿籠」般的舊木樓，在酷熱的天氣下，彷彿住在「蒸籠」裏。面積

四百餘呎的單位，卻住了三十幾人，因為爭相使用浴室「沖涼」，引起一連串的紛爭。在作者的筆下，幾個小人物的形象，生動傳神地呈現。

劉以鬯將當時香港的住屋問題，透過一宗生活上的瑣事，如實地反映出來，教人想起今時今日的「劏房」，可見作者對社會和民生的關注，對當時的居住環境，小市民的生活狀況，亦提供了資料。

小說的對白寫得很好，亦有助於刻劃人物性格。例如賣糖水的祥伯，「李嫂，你是一個明白人。這層樓住着三十幾個人，天氣這樣熱，要是個個像阿鳳那樣，沖一個涼，要花一個多鐘頭，那麼沖到明天也輪不到住牀位的人！」這句話，反映出他的為人通情達理。

又如「祥伯，我趕着要出街，天氣這樣熱，不沖涼，怎麼能夠出街？你們要是不讓我一起沖，明天我就霸住沖涼房，不讓你們沖！」則寫出「單眼陳」的橫蠻無理。

小說的結尾，寫得更是生動有趣，讀來令人忍俊不禁——「門外傳來包租婆二姑的聲音：『你們三個人在裏邊做甚麼？玩水？我要沖涼了，請你快點走出來！』」

小說至此，戛然而止。

可是，讀者大概也明白，「包租婆」是屋主，她大喝一聲，誰還敢不乖乖地從浴室走出來？

打錯了

劉以鬯的小說，許多是從社會新聞中汲取靈感，然後作文學化的演繹。《打錯了》寫於一九八三年四月二十二日，靈感就直接來自一則新聞，作者於篇末注明「是日報載太古城巴士站發生死亡車禍」。小說的內容是虛構的，「打錯了」指一個錯撥的來電，接還是不接，竟決定一個人的生死。

【文本】

一

電話鈴響的時候，陳熙躺在牀上看天花板。電話是吳麗嫦打來的。吳麗嫦約他到「利舞台」去看五點半那一場的電影。他的情緒頓時振奮起來，以敏捷的動作剃鬚、梳頭、更換衣服。更換衣服時，噓

噓地用口哨吹奏《勇敢的中國人》。換好衣服，站在衣櫃前端詳鏡子裏的自己，覺得有必要買一件名廠的運動衫了。他愛麗嫦，麗嫦也愛他。只要找到工作，就可以到婚姻註冊處去登記。他剛從美國回來，雖已拿到學位，找工作，仍須依靠運氣。運氣好，很快就可以找到；運氣不好，可能還要等一個時期。他已寄出七八封應徵信，這幾天應有回音。正因為這樣，這幾天他老是呆在家裏等那些機構的職員打電話來，非必要，不出街。不過，麗嫦打電話來約他去看電影，他是一定要去的。現在已是四點五十分，必須盡快趕去「利舞台」。遲到，麗嫦會生氣。於是，大踏步走去拉開大門，打開鐵閘，走到外邊。轉過身來，關上大門，關上鐵閘，搭電梯，下樓，走出大廈，懷着輕鬆的心情朝巴士站走去。剛走到巴士站，一輛巴士疾駛而來。巴士在不受控制的情況下衝向巴士站，撞倒陳熙和一個老婦人和一個女童後，將他們輾成肉醬。

二

電話鈴響的時候，陳熙躺在牀上看天花板。電話是吳麗嫦打來的。吳麗嫦約他到「利舞台」去看五點半那一場的電影。他的情緒頓時振奮起來，以敏捷的動作剃鬚、梳頭、更換衣服。更換衣服時，噓噓地用口哨吹奏《勇敢的中國人》。換好衣服，站在衣櫃前端詳鏡子裏的自己，覺得有必要買一件名廠的運動衫了。他愛麗嫦，麗嫦也愛他。只要找到工作，就可以到婚姻註冊處去登記。他剛從美國回來，

雖已拿到學位，找工作，仍須依靠運氣。運氣好，很快就可以找到；運氣不好，可能還要等一個時期。他已寄出七八封應徵信，這幾天應有回音。正因為這樣，這幾天他老是呆在家裏等那些機構的職員打電話來，非必要，不出街。不過，麗嫦打電話來約他去看電影，他是一定要去的。現在已是四點五十分，必須盡快趕去「利舞台」。遲到，麗嫦會生氣。於是，大踏步走去拉開大門……

電話鈴又響。

以為是甚麼機構的職員打來的，掉轉身，疾步走去接聽。

聽筒中傳來一個女人的聲音：

「請大伯聽電話。」

「誰？」

「大伯。」

「沒有這個人。」

「大伯母在不在？」

「你要打的電話號碼是……？」

「三——九七五……」

「你想打去九龍？」

「是的。」

「打錯了！這裏是港島！」

憤然將聽筒擲在電話機上，大踏步走去拉開鐵閘，走到外邊，轉過身來，關上大門，關上鐵閘，搭電梯，下樓，走出大廈，懷着輕鬆的心情朝巴士站走去。走到距離巴士站不足五十碼的地方，意外地見

到一輛疾駛而來的巴士在不受控制的情況下衝向巴士站，撞倒一個老婦人和一個女童後，將他們輾成肉醬。

一九八三年四月二十二日作。是日報載太古城巴士站發生死亡車禍。

【賞析】

這篇作品，可稱之為實驗小說。小說以雙線發展寫成，分為兩部分，若分開來看，是兩節平凡的小小說，放在一起，就是一種新穎的表現形式。

兩段故事的前面部分，作者以幾乎一樣的文字——「電話鈴響的時候，陳熙躺在牀上看天花板。……於是，大踏步走去拉開大門」記敘着同一件事，描寫主角陳熙應吳麗嫦之約，出門前的一段心路歷程。

故事後來的發展，卻以一個錯撥的來電，分成了兩種截然不同的結尾。

在第一段的時空裏，陳熙沒有聽到電話響聲，他出了門，走到巴士站時，被失控的巴士撞死；在第二段的另一個時空裏，陳熙卻返回屋內，他接聽了這個打錯了的電話，遲了一步出門，避過被巴士撞死的命運。

小說以複式結構強調命運的偶然性，明確地帶出一個訊息，一宗不起眼的小事，可能決定一個人的禍福。劉以鬯以文學之筆「點化」社會新聞，巧妙地將一件街談巷議的車禍事件，擴展到生死哲理的層面上，深刻的內涵，巧妙的構思，反映了作者大膽探索，創意求新的精神。

據劉以鬯自述，「文學是語言的藝術，沒有技巧就沒有藝術，好的內容沒有好的技巧來表現，就沒有辦法把主題思想切實地反映出來。《打錯

了》是出於這個想法寫出來的，只花了半個鐘點，我認為是出了新的。」[1]

這篇千字小說，字數雖然不多，讀者卻不少，在報紙甫一發表，引起了很多的討論和探究。作者也曾說過：「《打錯了》發表後，因為敘述結構由兩種假設組合而成，引起相當強烈的反應，有人認為很有創意，有人不願接受這種過分陌生的寫法。」[2]

「新的小說不一定是好小說；可是我堅決地相信好的小說，一定要有新的意味。」[3]劉以鬯這句話，正好作為這篇小說的注腳。

【 注 釋 】

〔1〕　蕭正義《與劉以鬯一席談》，載於《深圳特區報》，一九八四年八月十二日。
〔2〕　《我怎樣學習寫小說》，見本書附錄，頁一八二。
〔3〕　《我怎樣學習寫小說》，見本書附錄，頁一八〇。

填字

【題解】

　　《填字》寫於一九九四年，雖然只有短短一百五十八字，卻生動有趣。

【文本】

　　王老師在黑板上寫了這樣的句子要學生們填字：

　　老師□□，我就□□。

　　我第一個繳卷，填的是：

　　老師打我，我就不來。

　　王老師給我八十分，我很高興。放學回家，將作文簿拿給父親看。父親立即走去學校問王老師：

　　「這還了得？你打他，他就不來上學了。你不但不責備；還給他這麼高的評分！」

王老師對我的父親說：

「全班祇有他填得最通順。他很聰明。」

一九九四年五月十一日

【賞析】

「王老師在黑板上寫了這樣的句子要學生們填字：老師□□，我就□□。」作者在小說的第一句便點明題目。

小說中的「我」填的是：「老師［打］［我］，我就［不］［來］。」看到這裏，相信不少讀者已發出會心的微笑。

作者以幽默風趣的筆調，一針見血地道出香港社會教育的現狀，強烈的諷刺意味，呼之欲出。日常的瑣事，也可化為小說，可見作者的功力。

大眼妹和大眼妹

【題解】

《大眼妹和大眼妹》寫於二〇〇〇年，發表於《鱸峰文藝》第五期。小說寫一對孿生女的故事。麥藍和鄭銀姣樣貌一模一樣，同樣有「大眼妹」的外號，兩人原來是孿生姐妹，鄭銀姣原名麥紫，自少因家貧被賣到另一家庭，兩人的成長背景不同，際遇亦各異。

【文本】

一

被人喚作「大眼妹」的麥藍走入酒店時，那個思念仍在她的腦子裏不斷重複：「送牛仔入醫院……送牛仔入醫院……送牛仔入醫院……送牛仔入醫院……」

進入酒店的房間時，那個思念依舊在她的腦子裏不斷重複：「送牛仔入醫院……送牛仔入醫院……送牛仔入醫院……」

脫去衣服，躺在牀上，她仍在想：「送牛仔入醫院……送牛仔入醫院……送牛仔入醫院……」

那個身上有股濃烈臭味的男人用粗暴的動作將她當作玩具時，她仍在想：「送牛仔入醫院……送牛仔入醫院……送牛仔入醫院……送牛仔……」

二

鄭銀姣有一雙大眼睛，認識她的人都管她叫「大眼妹」。那天晚上，她將自己打扮得如同舞台上的花旦，衣飾華麗，婀婀娜娜走入「鴨店」。她的丈夫曹發是香港富商，也是喜歡享樂的花花公子。曹發追求銀姣時送過不少珠寶與金錢給她。但是，銀姣嫁給曹發後，曹發不再喜歡她的大眼睛了，常常在外邊跟別的女人廝混。銀姣不願做籠中鳥，為了解悶；為了報復曹發，經常走去「鴨店」找「鴨仔」，用曹發送給她的錢去尋找刺激，帶「鴨仔」到酒店去開房。

三

二十年前，Ｃ村的麥泰夫婦生了一對孿生女。這一對孿生女，大的叫麥藍；小的叫麥紫，長相一模一樣，都有一對大眼睛。當她們一

週歲的時候，麥泰夫婦因歉收而境況窘迫，連吃飯都成問題。有一個姓鄭的香港人因為沒有子女，經朋友介紹，有意向麥泰夫婦收買麥紫。麥太不肯。麥泰說：「賣給他吧，不賣，日子就過不下去。」麥太頻頻搖頭，哭得上氣不接下氣。麥泰說：「阿紫和阿藍是雙生女，長得一模一樣，有兩個等於有一個；有一個等於有兩個，賣掉阿紫，還有阿藍。」麥太依舊哭得涕泗滂沱，心裏一百二十個不願意；只因境遇窮困，經過一番爭吵後還是點了頭。麥紫賣掉後，不到一年，麥泰因病逝世。麥太無法過活，帶了阿藍到香港去投靠姐姐。麥太的姐姐嫁給一個姓蔡的癮君子，日子也不好過，為了維持生活，在酒樓做點心婆。阿藍五歲時，母親患乳癌逝世。阿藍十七歲時，姨媽患心臟病不治。阿藍十八歲時，老蔡姦污她，生了牛仔。牛仔出世後，失意潦倒的老蔡強迫阿藍到酒店去接客。阿藍的生活越來越困苦，常常想起死去的父母及姨媽。阿藍不知道她還有一個名叫阿紫的妹妹；更不知道阿紫被姓鄭的男人買去後改名鄭銀姣，在香港成長，現在是富商曹發的妻子。就在那天晚上，阿藍接過客後，離開酒店，走到大門前，見阿紫挽着「鴨仔」的手臂走進來。兩人擦肩而過，阿藍忍不住轉過臉去看阿紫，竟發現阿紫也轉過臉來看她。

二〇〇〇年十一月十三日作

刊於《鑪峰文藝》第五期，二〇〇一年一月一日

【賞析】

　　作者在小說的第一節，先交代阿藍當下的遭遇；隨後在第二節，道出鄭銀姣的近況，至第三節，則倒敘多年前的往事，以及學生姐妹不同的遭遇，而在結尾部分，則描述兩姐妹在酒店相逢的畫面——「兩人擦肩而過，阿藍忍不住轉過臉去看阿紫，竟發現阿紫也轉過臉來看她。」就像小說的標題「大眼妹和大眼妹」。

　　學生姐妹的生活雖然不同，但命運近似，阿藍貧窮、阿紫富裕，不過，兩人同時都受到男人的侮辱欺凌。

　　為了生計，阿藍被迫當妓女，出賣肉體，過着悲慘的生活；為了報復丈夫的不忠，阿紫卻去「鴨店」尋開心。強烈的對比，充分揭露出社會醜惡的一面。

　　藉着這個故事，作者對女性的命運，亦寄予同情。在第一節中，麥藍記掛着兒子，腦子裏不斷重複「送牛仔入醫院……送牛仔入醫院……送牛仔入醫院……送牛仔入醫院……」的想法，小說內重複出現的文句，令讀者強烈地感受到阿藍的緊張和焦慮，對這個可憐的母親產生更大的同情，亦增強小說的控訴力。

　　劉以鬯曾說過：「里察遜認為『小說應是正確地描寫人生的。』」[1]「小說不但反映人生，也可以視作對人生的解釋。」[2]這篇小說，亦可作如是觀，反映了作者對這個病態社會的鞭撻。

【注釋】

〔1〕 《劉以鬯談創作生活》，載於《開卷》第三卷第五期，一九八〇年十月號。

〔2〕 林湄《香港文壇的一員宿將——訪劉以鬯先生》，載於上海《文學報》，一九八五年六月十三日。

多雲有雨

【題解】

　　《多雲有雨》寫於二〇〇〇年，發表於《大公報 · 文學》。小說的題目「多雲有雨」出自小說第一句，內容寫的就是一號風球下，香港這個都市的世態民情。

【文本】

　　二〇〇〇年十一月七日，多雲，有雨，天文台懸掛一號風球。下午兩點鐘，亞花與男友吵架後冒雨奔回家中，打電話給森仔，約他四點鐘到「皇室」去看《花樣年華》。

　　二〇〇〇年十一月七日，多雲，有雨，天文台懸掛一號風球。下午兩點一刻，森仔接到亞花的電話，約他到「皇室」去看《花樣年華》，歡欣若狂。收線後，走去牌桌邊，好聲好氣向正在打牌的母親拿錢，

母親手風不順，惡聲惡氣說：「不給！」森仔不能拒絕亞花的約會，只好冒雨出街。當他見到一個肥婆撐着雨傘在小巷中行走時，立即拾起石塊，用力猛撲肥婆腦袋，搶走她的銀包。

二〇〇〇年十一月七日，多雲，有雨，天文台懸掛一號風球。下午兩點半，肥婆撐着雨傘到街市去買菜，在小巷中行走，被森仔用石頭打破腦袋，暈倒在地，流出很多很多的血。

二〇〇〇年十一月七日，多雲，有雨，天文台懸掛一號風球。下午兩點三刻，老黃冒雨出街，經過小巷，見暈倒在地的肥婆，雖然感到驚訝，卻不報警。他未吃中飯，肚餓，要趕去酒樓吃平價點心。

二〇〇〇年十一月七日，多雲，有雨，天文台懸掛一號風球。下午三點十分，疾風迅雨，一名警察經過巷口時並沒有注意到巷內的肥婆，只是自言自語：「天文台的一號風球已經掛了幾十個小時！」

二〇〇〇年十一月八日作

發表於二〇〇〇年十一月二十九日《大公報・文學》

【賞析】

小說的結構獨特，帶實驗意味，全文分為五段，每段開頭的第一句完全一樣：「二〇〇〇年十一月七日，多雲，有雨，天文台懸掛一號風球。」然而，每段的「主角」卻各有不同，作者從不同人物——「阿花、森仔、肥婆、老黃、一名警察」的角度來說故事。

人物各有關聯、糾結，隨着情節的發展，每段的時間亦向前推移——

下午兩點鐘、下午兩點一刻、下午兩點半、下午兩點三刻、下午三點十分。

　　故事的內容很簡單，由阿花開始，她打電話給森仔，約他四點鐘到「皇室」去看《花樣年華》，森仔出外應約，為了搶錢，用石塊猛擊肥婆腦袋，肥婆倒臥在小巷中，老黃冒雨出街，趕去酒樓吃平價點心，看見暈倒在地的肥婆，也不報警。最後，一名警察經過巷口時，並沒有注意到巷內的肥婆，只是自言自語：「天文台的一號風球已經掛了幾十個小時！」

　　正如劉以鬯所說：「將真實的生活加上想像，變成更典型更生動的人與事。大部分寫小說的人都是這樣寫的，我也不例外。」[1]

　　這篇小說植根於現實，作者以略為誇張的手法，反映出城市的冷漠，盡顯人與人之間的疏離。小說最後的一句，正好與每段的首句呼應。

　　作者不以故事、情節為中心，打破了傳統小說的敘事性和連貫性，讀他的小說，讀者往往不能得到一個完整的故事。

　　劉以鬯的作品，長於結構，這篇小說以多聲部齊頭並進，將現實、想像，在風雨中融合，化成一幅真實而荒謬的畫面，在表面的混亂之中，現實世界的眾生相就呈現在讀者眼前。

【 注 釋 】

〔1〕　《劉以鬯談創作生活》，載於《開卷》第三卷第五期，一九八〇年十月號。

故事新編

「不能有這樣的結局！」他説。

【導讀】

　　「故事新編」是文學創作的一種類型，作者古為今用，把舊內容創新，從而展示現代人的精神面貌。

　　正如劉以鬯說：「寫故事新編，必須重視『舊瓶裝新酒』的概念，撇開傳統的約束，用現代人的意緒解釋舊故事，使舊故事有新意義。」[1]

　　在「故事新編」中，劉以鬯採取了「大體有本，細節不拘」的創作原則，雖然在故事情節上有所繼承，但將虛構和合理的聯想，跟古典作品緊密結合。

　　劉以鬯相信用新的表現方法寫舊故事，是一條可行之路。他以現代人的眼光，將作品注入新生命，亦滲入真實的思想感情。

　　「我喜歡寫故事新編。不過，產量不多。」[2]作者在這一系列小說中，將古代和現代錯綜交融，作品頗具文學價值，其中包括《除夕》和《蛇》。

【注釋】

〔1〕　《我怎樣學習寫小說》，見本書附錄，頁一八四。
〔2〕　《我怎樣學習寫小說》，見本書附錄，頁一八五。

除夕

【題解】

　　《除夕》屬故事新編，也可視之為歷史小說。死於除夕夜的曹雪芹，正是本篇的主人翁。曹雪芹一生最大的成就，是創作了小說《紅樓夢》，對於這本經典作品的研究和考證，逐漸形成了一門專門的學問，就叫做「紅學」。《除夕》寫於一九六九年，最初發表的刊物，就是時有刊登「紅學」論文的《明報月刊》。

【文本】

　　雲很低，像骯髒的棉花團，淡淡的灰色，擺出待變的形態。然後，淡灰轉成昏暗於不知不覺間。大雪將降。這樣的天氣是很冷的。他身上那件棉袍已穿了七八年，不可能給他太多的溫暖。要不是在城裏喝過幾杯酒，就不能用倔強去遏止震顫。郊外缺乏除夕應有的熱鬧，疏

落的爆竹聲，使沉寂顯得更加沉寂。這一帶的小路多碎石。他無意將踢石當作遊戲，卻欲藉此排除心頭的沉悶鬱結。幾個月前，死神攫去他的兒子。他原是一個喜歡喝酒的人；現在喝得更多。就因為喝多了酒，在小路上行走時，搖搖擺擺，身體不能保持平衡。他仍在踢石。舉腿踢空時，身子跌倒在地。他是一個氣管多積痰而肥胖似豬的中年人，跌倒後，不想立即站起。有不知名的小蟲，在草叢中啾啾覓食。他很好奇，冬天不大有這種事情的。然後見到一隻咬尾的野狗，不斷打轉。這野狗受到自己的愚弄，居然得到樂趣。（多麼愚蠢，他想。）他的理智尚未完全浸在酒裏，神往在野狗的動作中：思想像一潭死水，偶有枯葉掉落，也會漾開波紋。他眼前的景物出現驀然的轉變，荒郊變成夢境：亭台樓閣間有繡花鞋的輕盈。上房傳出老人的打嚏。遊廊仍有熟悉的笑聲。黑貓在屋脊上咪咪叫。風吹花草，清香撲鼻。院徑上鋪滿被風吹落的花瓣。幾隻蝴蝶在假山花叢間飛來飛去。荷花池裏，大金魚在水藻中忽隱忽現。他甚至聽到鸚鵡在喚叫他的名字了。（不應該喝得那麼多，他想。）難道走進了夢境？他常常企圖將夢當作一種工具，捉拿失去的歡樂。縱目盡是現實，這現實並不屬於現在。他是回憶的奴隸，常常做夢，以為多少可以獲得一些安慰，其實並無好處。說起來，倒是相當矛盾的，在只能吃粥的日子，居然將酒當作不可或缺的享受。

緊閉眼睛，想給夢與現實劃分一個界限。

再一次睜開眼來，依舊是亭台樓閣。依舊是雕樑畫棟。依舊是樹木山石。依舊是遊廊幽篁。他甚至見到那對石獅子了。耳畔忽聞隱隱

的鐘聲，這鐘聲不知來自何處。他見到兩扇硃漆大門在軋軋聲中啟開，門內走出一個少年。（奇怪，這少年很面熟，好像在甚麼地方見過似的，他想。）正這樣想時，那少年對他凝視一陣。看樣子，少年也覺得他有點面熟了。這件事使他感到困惑。當他感到困惑時就會習慣地用手搔搔後腦勺。思想像一隻胡桃，必須費力將它敲開才能找到問題的答案。那個少年，原來就是他自己。

面前的景物又有了突然的轉換，情形有點像翻閱畫冊。草叢中仍有蟲聲。那野狗仍在咬尾。遠處響起兩聲爆竹。他眨眨眼睛，用手掌壓在地面，將身子支撐起來。天色雖黑，還不至於伸手不見五指。自從搬來郊外居住後，他常於夜間回家，未必想考驗自己的膽量，倒是希望有一天會見到鬼。

他常常渴望時光倒流，走進過去的歲月，做一個年輕人，在亭台樓閣間咀嚼繁華；享受熱鬧，將人世當作遊樂場，在一群美麗的女人中肆無忌憚地笑；肆無忌憚地揮舞衣袖；肆無忌憚地講述綺夢的內容；肆無忌憚地咒罵；肆無忌憚地喊叫。……

風勢轉勁，吹在臉上，宛如小刀子。腦子仍未完全清醒，繼續沿着小路朝前走去，只是不再踢石子了。四周黑沉沉的，使他看不清小路上的石子。遠山有幾間茅屋。點點燈火，倒也消除了一些荒蕪感。那幾間茅屋當然有人居住。凡是有人居住的地方，到了除夕，總會燃放爆竹。點燃爆竹不一定是兒童們的事。住在郊區的人，只有兒童才會浪費小錢去增添除夕的氣氛。這一帶的爆竹聲疏落，是必然的。沒有爆竹聲的時候，空氣彷彿凝結了。在黑暗中行走，一點也不害怕，

因此進入另一個境界。「喂，你回來啦？」突如其來的問話，使他吃驚。睜大眼睛，雖在黑暗中也見到一棵樹。樹已枯，幽靈似的站在那裏。沒有枯葉的樹枝在風中搖晃，極像長有幾十條手臂的妖怪。然後他聽到微弱的叮噹聲，有個女人從樹背走出。這個女人的臉孔是鵝蛋形的，一對隱藏深情的眼睛，白皙的皮膚，美得使他想起天仙，因此絲毫沒有恐懼。其實，在黑夜的荒郊見到女鬼，是人們深信不疑的事。當他仔細打量對方時，只覺得女人身上的衣服十分單薄。「你應該穿多些。」他説。女人咳嗽了。她是常常咳嗽的。

她走在前邊。他在後邊跟隨。

「這些年來，你在外邊怎樣過日子？」語調低沉。這就使他更加好奇。然後聽到微弱的叮噹聲，自己已處身於一個大庭園中。她走在前邊。他在後邊跟隨。那些東西都是熟悉的：白石甬路邊的花草樹木；火盆裏發散出來的香味；遊廊裏掛着的鳥籠與籠中的畫眉，以及玻璃彩穗燈都是他熟悉的。他一向喜歡這地方：輝煌的燈燭照得所有的陳設更具豪華感，連門神對聯都已換上新的了。這是三十晚上。小廝們早已將上屋打掃乾淨後懸掛祖宗的遺像。鸚鵡在叫；丫頭在燈下閒看螞蟻搬家。當他與那個女人穿過甬路時，一隻黃狗走來嗅他了。單憑這一點，他知道他並不是這裏的生客。這裏，路燈高照。這裏，香煙繚繞。有人擲骰子。有人放爆竹。到處瀰漫着除夕獨有的氣氛。這種氣氛，具有振奮作用，像酒。人們顯已喝過酒了，每個人的臉頰都是紅通通的。然後走過那座小木橋，一眼就望見幾點山石間的花草。有清香從窗內透出，窗檻邊有一隻插着臘梅的花瓶。那女人掀起垂地的

竹簾，讓他走進去。坐定，照例有丫鬟端龍井來。

「依舊住在這裏？」

「依舊住在這裏。」

「身體好些不？」

「還是老樣子。」

「應該多休息，多吃些補品。」

「不會有甚麼用處。」

「閒來還寫詩？」

「過去的事，不必再提。你怎麼樣？這些年來，在外邊怎樣過日子？」

「一直在賣畫。」

「將畫賣給別人？」

「人在連吃飯都成問題的時候，就要將畫賣給別人。」

「我很喜歡你的畫。」

「我知道。」

「你從來沒有送過一幅給我。」

「我會送一幅給你的。」

「在那幅畫中，你將畫些甚麼？」

「暫時不告訴你。」

淚水不由自主掉落，她低着頭，用手絹輕印淚眼。這是除夕，不應該落淚。她卻流淚了。女人不論在悲哀或喜悅的時候，總是這樣的。

一個突然的思念使他打了一個寒噤。（我已老了，她怎麼還是這

樣年輕？他想。）不知道甚麼地方吹來一陣風，窗外的花草在搖曳。他沒有注意到這一點，因為他正在尋找失去的快樂與哀愁。另一陣狂風，將屋裏的燭光全部吹熄。來自黑暗的，復歸黑暗。眼前的一切消失於瞬息間，連說一聲「再見」的時間也沒有。四周黑沉沉。依舊是除夕，兩種不同的心情。

落雨了，當他跌跌撞撞朝前行走時。雨點細小似粉末，風勢卻強勁。衣角被勁風捲起捲落，撲撲撲、撲撲撲的響着。又打了一個寒噤，將手相攏在袖管裏。痙攣性的北風，搖撼樹枝梢頭，發出的聲音，近似飲泣。他繼續朝前走去，甚至連雨點已凝結成雪羽也沒有發覺。雖然四周黑沉沉的，樹根石邊有了積雪，依舊看得出來。這裏一堆，那裏一堆，彷彿灑了麵粉似的。積雪並非發光體，在黑暗中居然也會灼爍。氣溫驟降，不能不快步行走。他應該早些趕回家去。他的妻子正在等他吃年夜飯。（年夜飯？恐怕連粥也是稀薄的。）驀地颳起一陣狂風，雪羽潑灑在他的臉上。他必須睜大眼睛仔細看看。狂風捲起的雪羽，在黑沉沉的空間飄呀舞的，看起來，像極滿屋子的鵝毛在風中打旋。他從小喜歡落雪的日子。現在，這到處飛舞的雪片變成一群白色的小鬼了。小鬼包圍着他，形成可怕的威脅。雪片越落越緊，越落越密。

積雪帶泥的小路，轉為稀鬆，鞋底壓在上面，會發出微弱的吱吱聲。襪子濕了，冷冰冰的感覺使他渾身雞皮疙瘩盡起。他自言自語：「不會迷失路途吧。」隨即聽到一個女人的聲音：「我在這裏！」用眼一掃，只見漫天雪片。不過，他辨得出講這句話的人是誰。十六七

歲年紀，大大的眼睛。她曾經是大庭園裏的一個丫鬟，糊裏糊塗失去了清白，還以為這是一件值得驕傲的事。這些年來，他倒是常常想到她的。

前面忽然出現燈光。

這燈光從木窗的罅隙間射出來。（在黑暗中，一盞昏黃不明的油燈也能控制一切，他想。）雪仍在勁風中飄落，使他不得不用左手拍去右肩的雪片，然後用右手拍去左肩的雪片。醉意未消，仍能記得他的妻子此刻正坐在油燈旁邊等他回去吃飯。他見到了那條小溪，溪中的幾塊墊腳石是他親手放的。如果是別人，在雪夜踏過墊腳石，即使不喝酒，也會跌倒。他沒有。

「我回來啦！」他嚷。木門啟開。他的妻子疾步走出來，屋裏的燈光，在風中震顫不已。自從孩子死去後，這個女人就不再發笑。當她攙扶丈夫通過樹枝編成的柵門時，不說一句話。進入屋裏，使勁將風雪關在門外，舒口氣，雙瞳依舊是呆定的。她臉上的表情一直好像在哭，只是淚水總不掉落來。「這是除夕，我為你煮了一鍋飯。」語調是如此之低，顯示她的健康情形正在迅速衰退。

火盆裏燒的是潮濕的樹枝，青色的煙靄瀰漫在這狹小的茅屋裏，熏得他猛烈咳嗆，脖頸有血管凸起。

北風壓木窗，閣閣閣，閣閣閣，彷彿有人冒雪而來，蜷曲手指輕敲窗板。

爐灰被門縫中擠進來的北風吹起。那半明不滅的油盞，陰沉沉的，使泥牆塗了一層陰慘的淡黃。泥牆很薄，令人獲得一種感覺：用

力打一拳，就會出現一個洞。可是在這些薄薄的泥牆上，居然掛着幾幅屏條與對聯。都是他自己的手跡，並非用作裝飾，而是隨時準備拿進城去換錢的——當他想喝酒的時候。

油燈的光芒，雖微弱，卻跳躍不已，投在牆上的物影，有如一群幽靈。當他的視線落在這些物影上時，回憶使他得到難忍的痛苦。想起豪華門庭的笑聲與喧嘩，有點怫鬱，嚥了幾口唾沫，始終無法壓下煩躁。痛苦的回憶像一件未摔乾的濕衣緊裹着他，難受得很。平時，回到家裏，總會對他的妻子嘮嘮叨叨講述城裏遇到的人與事。今晚，連講話的心情也沒有。坐在牀沿，怔怔望着那些震顫似幽靈的影子，被過去的歡樂纏繞得心亂，只想吶喊。他的性情一向溫和，常常以此自傲，偶爾也會失去理性的控制，多數因為想起了往事。

大聲吶喊在他既無必要，歎口氣多少也可排除內心的鬱悶。不提往事，反而幫助了痛苦的成長。這些日子，借錢買酒的次數已增多。避居郊外也不能擺脫世事的牽纏。那無時無刻不在冀求的東西，使他困惑。有時候，喝了點酒，才知道自己正在努力搶回失去的快樂。「吃吧。」聲音來自右方，轉過臉去觀看，他的妻子沒精打采地坐在那隻粗糙的小方桌邊，低着頭，像倦極欲睡的貓。

桌面上的幾碗飯菜有熱氣冒升。這是年夜飯。坐在桌邊，他想起了去年的除夕。（去年的除夕也落雪，他想。去年的除夕，也吃了一頓熱氣騰騰的飯。去年的除夕，孩子還沒有死。）他將剛拿起的筷子又放下。歎口氣，走去躺在牀上。他的妻子望着他。

火盆裏有一條潮濕的樹枝，發散太多的青煙。他咳了。咳得最厲

害時，喉嚨發出沙嘎的聲音。他的妻子將潮濕的樹枝抽去，這間茅屋才被寧靜佔領。寧靜。落針可聞。雪落在屋頂上，原不會發出甚麼聲音。此刻，他卻聽到了沙沙的雪聲。這地方的寧靜，有時候就是這樣的可怕。（那種結局太悲慘，他想。）每一次想到那結局時，心煩意亂。（那種結局太悲慘。）他的手，下意識地捉揉着那條長長的辮子。那辮子，像繩索般纏繞着他的脖頸。他想到死亡。當他想到死亡時，連青山不改的說法也失去可靠性。驟然間，生命似已離他而去。這種感覺不易找到解釋；不過，每一次產生這種感覺，心中的愁悶就會減去不少。他渴望再喝幾杯酒，讓酒液加濃矇矓恍惚的意識。忽聞一聲歎息，神志恢復清醒，不管怎樣裝作沒有聽見，心境依舊沉重。他不敢多看妻子一眼。這個可憐的女人早已懂得怎樣接受命運的安排；從不埋怨；終究瘦了。她的臉色是如此的難看，顯示她不再是一個健康的人。

「不能有這樣的結局！」

聲音有如刀子劃破沉寂，使這個痛苦的女人嚇了一跳。她沒有開口詢問，雖然她不知道他為甚麼要說這句話。

一滴雪水從上邊掉落在他的額上。額角的皺紋很淺，因為他是一個胖子。那雪水留在額角，冷冷的，使他又打了一個寒噤。翻身下牀，有意無意用眼搜索，牆角有一隻死老鼠。這地方，可以吃的東西實在太少。

「不能有這樣的結局！」他說。

木架上有一疊文稿。抽出底下的一部分，投入火盆，熊熊的火舌

亂舐空間。他烤手取暖。他將思想燒掉。他將感情燒掉。他將眼淚燒掉。他將哀愁燒掉。他笑。這笑容並不代表歡樂。他的妻子將文稿從他手中奪過去；他將文稿從妻子手中奪過來。「為甚麼？」她問。他將她推倒在地。這個題材只有在他筆底下才能獲得生命。現在，他將這個生命殺戮了。「不能有這樣的結局！」他笑。但笑聲不能阻止北風的來侵。門與窗再一次閣閣閣，閣閣閣的響起來。這是除夕，久久聽不到一聲爆竹。當他停止發笑時，乜斜着眼珠子對剛從地上爬起來的妻子望了一下。她很瘦，眼睛無神，好像剛起牀的病人。從她的眼睛裏，他見到自己。他不認識自己。覺得冷，渴望喝杯酒。有了這樣的想念，再也不能保持心境的平和。雖然沒有充分的理由，也想罵她幾句。這些日子，當他情緒惡劣時，就會將她視作出氣筒，將所有的痛苦與憤怒宣洩在她的身上。她能夠忍受這樣的委屈，只是不肯流淚。她忘記怎樣流淚，也忘記怎樣發笑。當她將飯菜端到後邊去時，只不過歎了一口氣，聲音微弱，好像樹上的枯葉被北風吹落在地上。（明天是元旦，他想。明天沒有人買畫。）縱目觀看，沒有一點新的東西。他們的窗子是木板的，毋需糊裱。但是，不貼春聯，不懸門神，就不像過年。他的視線落在那隻死老鼠身上。那隻死老鼠忽然像墨汁浸在清水中，溶化了。（奇怪，這幾天老是覺得頭昏腦脹，不知道甚麼緣故。）用手指擦亮眼睛，意識清醒了。他手裏仍有一疊文稿，一頁繼一頁投入火盆，看火舌怎樣跳舞。那不幸的結局被火焚去時，他產生釋然的感覺。（沒有糖瓜水果，沒有糕點水餃，都不成問題。沒有酒喝，就完全不是這個味道了。應該設法弄些酒來。）繼續將文稿一頁

又一頁投入火盆，盆火映得他的面孔通紅。當他失去耐心時，他將剩下的文稿全都投入盆內。起先，火盆彷彿被這過重的負擔壓熄了，沒有火燄，只有青煙往上升。稍過些時，刺鼻的青煙轉變為滾滾的濃煙，雖濃，卻常常被熊熊的火燄劃破。火燄企圖突破濃煙的重圍，火與煙進入交戰狀態。他的妻子一邊咳一邊疾步走出來：火燄佔了上風，像螺旋般的往上捲，往上捲，往上捲……他笑了。他的妻子用手掌掩在嘴前，咳得連氣也透不轉。濃煙消散。火燄像一朵盛開的花。他縱聲大笑。火燄逐漸轉小，像不敢窮追的勝利者帶着驕傲撤退。黑色的灰燼到處飛舞。他的妻子不清不楚講了兩句。他在狂笑。眼前突然出現一陣昏黑，甚麼東西都不存在了。「醒醒！醒醒！」——當他蘇醒時，尖銳的喚聲有點刺耳。（這是怎麼一回事？在城裏的時候只喝了幾杯酒，絕對不會醉成這樣子。）他的妻子對他說：「你一定餓了，我去將飯菜燒熱。」他搖搖頭，說是不想吃飯，只想喝酒。又有一滴雪水掉落在他的臉上。（明天是元旦。明天沒有人買畫。今晚城裏可熱鬧了，兜喜神方的人並不是個個避債的。）望望泥壁上掛着的屏條與對聯，不自覺地歎口氣。（這些字畫都賣不出去。想賺錢：還得趕幾幅。）翻身下牀，使他的妻子更加擔憂。「你不舒服，應該多休息。」她說。但作畫的興趣已激起。「我還要進城。」「甚麼時候？」「今晚。」「外邊在落雪。」「這是沒有辦法的事。」「黑夜進城很危險，絆跌在地，有可能會受傷。再說，你剛才已暈厥過一次，萬一在雪地暈倒，一定會凍死！」他倔強地將白紙鋪在桌面，拿起畫筆。（明天是元旦，明天沒有人買畫。）將鬱結表達在白紙上，每一筆代表一個新希望。

對於他，畫就是酒。當他作畫時依稀見到許多酒壺與酒杯。然後他的視線模糊了，一些好像見過的東西，忽然亂得一團糟。搖搖頭。那些亂七八糟的思念驀地消失，一若山風吹散濃霧。他笑了。用筆蘸了墨，將他的感情寫在白紙上。然後他的視線又模糊了。這一次，有如向空間尋找甚麼，結果甚麼也沒有找到。他固執地要實現一個願望，必須保持理智清醒。當他畫成那幅畫時，彷彿有人在他背上推了一下。手臂往桌面一壓，半邊臉孔枕在手臂下。他是一個胖子，血壓太高。在追尋存在的價值時，跌入永恆。他已離開人世，像倦鳥悄然飛入樹林。他的妻子從後邊走出來，以為他睡着了。望望畫紙，原來畫的是一塊石頭，沒有題詩，未蓋圖章，左側下端署着三個字：曹雪芹。

一九六九年十二月廿八日寫成
一九八〇年八月十九日修改

【賞析】

劉以鬯曾指出：「歷史小說，顧名思義，是歷史與小說的結合。『傳記小說』多數排斥虛構；歷史小說並不排斥虛構。」[1] 在《除夕》裏，他就是如此安排情節發展，亦不避虛構地處理細節。

小說的內容，主要刻劃曹雪芹悲涼的晚景，描繪出他在晚年的一段坎坷遭遇，飢寒交迫加上喪子之痛，在醉眼矇矓中，昔日的富貴繁華，不時在眼前重現，窮途末路的悲淒冷清，躍現紙上。

作者運用意識流技巧，寫出了人物的內心世界，用幻想與現實構成淒

惘氣氛，對讀者來說，亦甚具吸引力。

劉以鬯以精湛的語言藝術，把冬日蕭瑟的場面寫出來，充滿悲情，例如「雲很低，像骯髒的棉花團，淡淡的灰色，擺出待變的形態」。又如「痙攣性的北風，搖撼樹枝梢頭，發出的聲音，近似飲泣」。景物描寫細膩，氣氛、環境相互烘托，營造出傷感的調子。

在小說中，長短句交錯互見，作者善用括號內的說明，以減少冗長的敘述，例如「（去年的除夕也落雪，他想。去年的除夕，也吃了一頓熱氣騰騰的飯。去年的除夕，孩子還沒有死。）」

劉以鬯說：「我寫小說，總在選定題材之後，才決定表現方式。當我寫故事新編時，我喜歡運用富於象徵或暗喻的文字。」[2]

在《除夕》中，作者運用了一些象徵手法，「例如曹雪芹燒稿，象徵他晚年的貧窮，要燒毀自己的作品（思想）來取暖，因為人間實在太冷了」[3]。

「望望畫紙，原來畫的是一塊石頭，沒有題詩，未蓋圖章，左側下端署著三個字：曹雪芹。」至小說的結尾，作者才明確地宣示，寫的就是「曹雪芹」的故事。此處亦用了「驚奇的結局」，「目的在使讀者想重看一遍。我個人很喜歡這種手法」[4]。

「（那種結局太悲慘。）」

「『不能有這樣的結局！』他說。」

「那不幸的結局被火焚去時，他產生釋然的感覺。」

小說內一再出現的文句，間接解讀了曹雪芹毀文的動機，並引發讀者的想像，正是作者最成功之處。

這篇小說風格獨特，語言優美，文字清新，情景交融，帶出淡淡的詩意。作者借鑒西方小說的技巧，同時亦能將中國傳統的意象、比喻等，加以創造發揮，為傳統的故事賦上新意，實在引人入勝。

【注釋】

〔1〕 《小說會不會死亡？》，選自《天堂與地獄》，廣州花城出版社，
一九八一年。

〔2〕 《劉以鬯答客問》，載於《香港文學》雙月刊創刊號，一九七九年
五月。

〔3〕 《與劉以鬯的一席話》，載於《香港文學》雙月刊創刊號，一九七九
年五月。

〔4〕 同上注。

蛇

【題解】

　　《蛇》取材自家喻戶曉的故事《白蛇傳》，寫於一九七八年。作者「將傳說中的神奇性與虛構挑出，使幻想中的假象重回現實。在我的筆下，許仙是凡人；白素貞也是凡人。」（見《我怎樣學習寫小說》，載於本書附錄，頁一八五）讀者在《蛇》中看到《白蛇傳》的影子，但故事卻同中有異。

【文本】

一

　　許仙右腿有個疤，酒盅般大。有人問他：「生過甚麼瘡？」他搖搖頭，不肯將事情講出。其實，這也不是甚麼可恥的事情，講出來，決不會失面子。不講，因為事情有點古怪。那時候，年紀剛過十一，

在草叢間捉蟋蟀，捉到了，放入竹筒。喜悅似浪潮，飛步奔跑，田路橫着一條五尺來長的白蛇，縱身躍過，回到家，右腿發紅。起先還不覺得甚麼；後來痛得難忍。郎中為他搽藥，浮腫逐漸消失。痊癒時，傷口結了一個疤，酒盅般大。從此，見到粗蔴繩或長布帶之類的東西，就會嚇得魂不附體。

二

　　清明。掃墓歸來的許仙踏着山徑走去湖邊。西湖是美麗的。清明時節的西湖更美。對湖有烏雲壓在山峰。群鳥在空中撲撲亂飛。狂風突作，所有的花花草草都在搖擺中顯示慌張。清明似乎是不能沒有雨的。雨來了。雨點擊打湖面，彷彿投菜入油鍋，發出刺耳的沙沙聲。他渴望見到船，小船居然一搖一擺地划了過來。登船。船在水中擺盪。當他用衣袖拂去身上的雨珠時，「船家！船家！」呼喚突破雨聲的包圍。如此清脆。如此動聽。岸上有兩個女人。許仙斜目偷看，不能不驚詫於對方的妍媚。船老大將船划近岸去。兩個女人登船後進入船艙。四目相接。心似鹿撞。垂柳的指尖輕拂艙蓋，船在雨的漫漫中划去。於是，簡短的談話開始了。他說：「雨很大。」她說：「雨很大。」艙外是一幅春雨圖，圖中色彩正在追逐一個意象。風景的色彩原是濃的，一下子給驟雨沖淡了。樹木用蓊鬱歌頌生機。保俶塔忽然不見。於是笑聲格格，清脆悅耳，風送雨條。雨條在風中跳舞。船老大的興致忽然高了，放開嗓子唱幾句山歌。有人想到一個問題：「碎月會在

三潭下重圓？」白素貞低着頭，默然不語。高圍牆裏的對酌，是第二天的事。第二天，落日的餘暉塗金黃於門牆。許仙的靴子仍染昨日之泥。「你來啦？」花香自門內衝出。許仙進入大廳，坐在瓷櫈上。除了用山泉泡的龍井外，白素貞還親手斟了一杯酒。燭光投在酒液上，酒液有微笑的倒影。喝下這微笑，視線開始模糊。入金的火，遂有神奇的變與化。荒誕起自酒後，所有的一切都很甜。

三

燭火跳躍。花燭是不能吹熄的。慾望在火頭尋找另一個定義。帳內的低語，即使貼耳門縫的丫鬟也聽不清楚。那是一種快樂的聲音。俏皮的丫鬟知道：一向喜歡西湖景致的白素貞也不願到西湖去捕捉天堂感了。從窗內透出的香味，未必來自古銅香爐。夜風，正在搖動簾子。牆外傳來打更人的鑼聲，他們還沒有睡。

四

許仙開藥舖，生病的人就多了起來。鄰人們都説白素貞有旺夫運，許仙笑得抿不攏嘴。藥舖生意興隆，值得高興。而最大的喜悅卻來自白素貞的耳語。輕輕一句「我已有了」，許仙喜得縱身躍起。

五

　　藥舖後邊有個院子。院子草木叢雜，且有盆栽。太多的美麗，反而顯得凌亂。「這院子，」許仙常常這樣想，「應該減少一些花草與樹木。」但是，樹木與花草偏偏日益深茂。這一天，有人向許仙借醫書，醫書放在後邊的屋子裏，必須穿過院子。穿過院子時，一條蛇由院徑游入幽深處。許仙眼前出現一陣昏黑，跌倒在地而自己不知。定驚散不一定有效，受了驚嚇的許仙還是醒轉了。丫鬟扶他入房時，他見到憂容滿面的白素貞。「那……那條蛇……」他想講的是：「那條蛇鑽入草堆」，但是，説了四個字，就沒有氣力將餘下的半句講出。他在發抖。一個可怕的印象佔領思慮機構。那條蛇雖然沒有傷害他，卻使他感到極大的不安。那條蛇不再出現。對於他，那條蛇卻是無所不在的。白素貞為了幫助他消除可怕的印象，吩咐伙計請捉蛇人來。捉蛇人索取一兩銀子。白素貞給他二兩。捉蛇人在院子裏捉到幾條枯枝，説了一句「院中沒有蛇」之後，大搖大擺走到對街酒樓去喝酒了。白素貞歎口氣，吩咐伙計再請一個捉蛇人來。那人索取二兩銀子，白素貞送他三兩。捉蛇人的熟練手法並未收到預期的效果，堅説院中無蛇。白素貞勸許仙不要擔憂，許仙説：「親眼見到的，那條蛇游入亂草堆中。」白素貞吩咐伙計將院中的草木全部拔去。院中無蛇。蛇在許仙腦中。白素貞親自煎了一大碗藥茶給他喝下。他眼前有條黑影不停搖晃。他做了一場夢。夢中，白素貞拿了長劍到崑崙山去盜靈芝草。草是長在仙境的。仙境中有天兵天將。白素貞走到那麼遙遠的地方去

盜草，只為替他醫病。他病得半死。沒有靈芝草，就會見閻王。白素貞與白鶴比劍。白素貞與黃鹿比劍。不能在比劍時取勝，唯有用眼淚博得南極仙翁的同情與憐憫。她用仙草救活了許仙。……許仙從夢中醒轉，睜開惺忪的眼，見白素貞依舊坐在牀邊，疑竇頓起，用痰塞的聲調問：「你是誰？」

六

病癒後的許仙仍不能克服蟠據內心的恐懼，每一次踏院徑而過，總覺得隨時的襲擊會來自任何一方。白素貞的體貼引起他的懷疑。他不相信世間會有全美的女人。

七

於是有了這樣一個陰霾的日子，白素貞在家裏縈；許仙在街上被手持禪杖的和尚攔住去路。和尚自稱法海，有一對發光的眼睛。法海和尚說：「白素貞是妖精。」法海和尚說：「白素貞是一條蛇。」法海和尚說：「在深山苦煉一千年的蛇精，不願做神仙。」法海和尚說：「一千年來，常從清泉的倒影中見到自己而不喜歡自己的身形。」法海和尚說：「妖怪抵受不了紅塵的引誘，渴望遍嘗酸與甜的滋味。」法海和尚說：「她以千年道行換取人間歡樂。」法海和尚說：「人間的歡樂使她忘記自己是妖精。她不喜歡深山中的清泉與夜風與叢莽。」

法海和尚説：「明天是端午節，給她喝一杯雄黃酒，她會現原形。」……
法海和尚向他化緣。

八

　　槳因鼓聲而划。龍舟與龍舟在火傘下爭奪驕傲於水上。白素貞
不去湊熱鬧，只怕過分的疲勞影響胎氣。許仙是可以去看看的，卻不
去。藥舖不開門，他比平時更加忙碌。他一向怯懦，有了五毒餅，有
了吉祥葫蘆，膽子也就壯了起來。大清早，菖蒲與艾子遍插門框，配
以符咒，任何毒物都要走避。這一天，他的情緒特別緊張。除了驅毒，
還想尋求一個問題的解答。他的妻子，究竟是不是貪圖人間歡樂的妖
精？他將鍾馗捉鬼圖貼在門上當作門禁，企圖禁錮白素貞於房中。白
素貞態度自若，不畏不避。於是，雄黃酒成為唯一有效的鎮邪物。相
對而坐時許仙斟了一滿杯，強要白素貞喝下。白素貞説：「為了孩子，
我不能喝。」許仙説：「為了孩子，你必須喝。」白素貞不肯喝。許
仙板着面孔生氣。白素貞最怕許仙生氣，只好舉杯淺嚐。許仙乾了一
杯之後，要她也乾。她説：「喝得太多，會醉。」許仙説：「醉了，
上牀休息。」白素貞昂起脖子，將杯中酒一口喝盡。頭很重。眼前的
景物開始旋轉。「我有點不舒服，」她説，「我要回房休息。」許仙
扶她回房。她説：「我要在寧靜中睡一覺，你到前邊去看伙計們打牌。」
許仙嗤鼻哼了一聲，搖搖擺擺經院子到前邊去。過了一個多時辰，搖
搖擺擺經院子到後屋來，輕輕推開虛掩着的房門，躡足走到牀邊，牀

上有一條蛇，嚇得魂不附體，疾步朝房門走去，門外站着白素貞。「怎麼啦？」「牀上有條蛇。」白素貞拔下插在門框上的艾虎蒲劍，大踏步走進去，以為牀上當真有蛇，牀上只有一條剛才解下的腰帶！

九

許仙走去金山寺，找法海和尚。知客僧說：「法海方丈已於上月圓寂。」許仙說：「前日還在街上遇見他。」知客僧說：「你遇到的，一定是另外一個和尚。」

一九七八年八月十一日作

【賞析】

劉以鬯在創作時，將這個古老的傳說，改編成一篇現代小說，沒有複述動人的故事，也沒有追求曲折的情節。

小說對人物的內心世界進行深入的深索，刻劃了「疑心」這個人性弱點，描繪了許仙那種「一朝遭蛇咬，十年怕草繩」的心理狀態。作者不單敘述事情的始末，而且道出其中的因果關係，許仙的疑心，除了因為小時候被蛇咬過之外，還因為耳根子軟，連自己的妻子也不相信。

在小說中，白素貞不是修煉千年的蛇精，卻是個真正的人，而且勇於追求幸福，反傳統的寫法，教人疑幻疑真。

作者寫到法海和尚對許仙的警告時，連用了八個「法海和尚說」，一句緊逼一句，除了指出白素貞是蛇精外，還告訴他對付方法。許仙一個字

都說不出來，但那種驚慌失措的神情，卻在招架不住的無言中，生動地表達出來了，軟弱的性格，亦完全表露無遺。

也許，作者筆下的許仙，看到的蛇和法海和尚，全出於個人的幻覺，蛇的形象已深深印在他的腦中。作家通過對故事重新構思，反映現代社會部分人「心有餘悸」的精神狀態，為這個古老的傳說帶來新的意義。

小說展示了人物心理和潛意識，特別是人性的弱點。人的意識，往往斷斷續續，小說中使用了一些較短的句子，更能捕捉這種內心思潮的流動。

劉以鬯運用現代文學的技巧，嘗試對傳統內容進行新的詮釋，作出具有新意的「再創造」，然後留待讀者去思考體會。

天文台懸掛今年首個一號風球的下午，詩人在夢境中與香港

相遇，很有禮貌地說一句「你好」。香港答：「我是從夢境

中浮起的真實。」

【導讀】

　　「我寫過一些實驗小說,也寫過一些實驗散文。」劉以鬯在《他的夢和他的夢》的《自序》中開宗明義地說。[1]

　　他又指出:「散文與小說頗多相似之處,界線很難劃清。在古代,小說是包括在散文內的。到了現代,文學作品被劃分作四種體裁,小說與散文隨即分家,成為兩大式樣。」[2]

　　收錄在本書中的散文,包括《四枚未釘齒孔的香港郵票》、《記豐子愷》、《吳煦斌的短篇小說》、《市長》、《〈暢談香港文學〉序》、《舊村》和《輕描香港》。

【注釋】

[1]　《他的夢和他的夢》,明報出版社,二〇〇三年,頁一。
[2]　《他的夢和他的夢·自序》,明報出版社,二〇〇三年,頁一至二。

四枚未釘齒孔的香港郵票

【題解】

　　文學世界以外的劉以鬯，還是一個集郵和陶瓷專家。

　　《四枚未釘齒孔的香港郵票》發表於一九六九年的《新晚報》，就是一篇以集郵為題材的作品。

【文本】

　　老李喜歡集郵也喜歡蒐集錯體郵票。

　　兩年前，集郵界盛傳香港一毫普通票發現漏齒孔的大變體。有人說：這種未釘齒孔的大變體只有一全張；有人說：這種未釘齒孔的大變體可能有兩全張。不過，一全張也好，兩全張也好，這種錯體總是十分珍貴的。一九五四年發行的五分未釘齒孔錯體郵票，每對時價在港幣三千元左右。正因為這樣，老李聽到這個消息後，千方百計想得

到一組四方連。

他不知道那全張的錯體郵票在誰的手裏，向港九各郵商詢問，都說不知道。

老李有許多郵友。為了搜求這種錯體郵票，每一次見到郵友，第一句總是：

「知道不知道誰有那張未釘齒孔的一毫錯體票？」

大家都説不知道。

有一天，老李遇到一個姓徐的郵友，問起這件事，老徐説：「讓我老實告訴你吧，這張未釘齒孔的錯體郵票握在我的手裏。」

「可以不可以讓一組四方連給我？」老李用近似哀求的口氣問。

「我曾經賣一組四方連給外國郵商。」老徐説。

「多少錢？」

「四百元。」

「好的，」老李説，「我付你四百元，請你讓一組四方連給我。」

老徐答應了。老李當即付出四百元，換來四枚未釘齒孔的錯體郵票。回到家裏，李太問他：

「拿到薪水沒有？」

「拿到了。」

「拿來，我要繳房租給包租婆。」

老李當即將購買郵票的經過情形講給她聽。李太聽説丈夫將一個月的薪水換了四枚一毫的郵票回來，拍手跺腳哭了起來，怒罵老李是個瘋子。

這是兩年前的事。

現在，這種未釘齒孔的郵票已變成可遇不可求的珍品。

過舊曆新年時，一切都失去預算，到了「初十」，連買餸的錢也沒有了。李太要老李到公司去借支薪水，老李說：

「剛過年，怎麼好意思開口？」

「既然這樣，不如將那四枚未釘齒孔的郵票賣掉吧。」

老李不肯賣。李太放聲大哭。沒有辦法，老李只好偕同妻子走去郵商處，將未釘孔的錯體賣掉。郵商給他五百元。

走出郵票社，李太興高采烈：「想不到這郵票竟賺了一百元！」

老李說：「如果不是因為等錢用，我怎樣也不會賣掉的。你知道嗎？這組四方連的時價是二千五！」

發表於一九六九年三月一日《新晚報》

【賞析】

「我喜歡寫小說。我喜歡砌模型。我喜歡蒐集郵票。我喜歡收藏陶瓷。」在《模型‧郵票‧陶瓷》（獲益出版事業有限公司，二〇〇五年）的前言中，劉以鬯如是說。

也許讀者都知道，他的名作《對倒》，其結構形式的靈感，便來自一枚一正一負對倒相連的郵票。

在這篇作品中，劉以鬯以現實為基礎，再加上想像，寫成一篇生活化的散文。

文中的老李喜歡集郵，也喜歡蒐集錯體郵票，他將一個月的薪水換了四枚「一毫」的郵票回來。試想想，老李竟以四百大元，換取了票面只值「四毛錢」的郵票，怪不得被太太怒罵他是個瘋子。

　　作者以幽默風趣的文字，生動流暢的筆觸，記述這宗事件的始末，也道出集郵的知識，結尾交代兩年後郵票時值「二千五」，但為了生計，卻以五百元出售，展現了當時社會生活逼人的面貌。

　　此文以郵票為題，帶有夫子自道的況味，可以讓讀者認識作家的另一面。

記豐子愷

【題解】

【題解】

豐子愷，是著名的畫家，也是出色的散文家。自二、三十年代，已開始創作漫畫，將傳統水墨筆觸帶進漫畫，有「中國漫畫先驅」之稱。《記豐子愷》原寫於一九七三年，發表於《文林》雜誌。六年後，劉以鬯「覺得有些地方寫得不很清楚，索性將其中的一部分重寫」。（見《看樹看林‧後記》，載於香港書畫屋圖書公司，一九八二年）

【文本】

太平洋戰爭爆發後，日軍進入租界，孤島陸沉，我離開上海到重慶去。到了重慶，一時找不到工作，只好寄居在親戚家裏。親戚姓陳，在小龍坎開設鐵工廠。廠裏有兩位工程師。總工程師是個年輕人，剛從外國學成歸來。副工程師姓楊，名如深，三十幾歲，篤實忠厚，與

我很談得來。

在鐵工廠住了幾個月，進城找工作。《國民公報》社長曾通一先生是父親的朋友，見到我，立刻叫我進他的報館去做事，以主筆的名義編副刊。

在報館做事後，就不大到小龍坎去了。有一次，因為有事前往小龍坎，順便走去鐵工廠探望那位姓陳的親戚。鐵工廠的楊如深一見我，就拉我到職工宿舍去談天。他是單獨住一間房的。當我進入他的房間時，注意力立刻被牆上的一幅畫吸引住了。那是豐子愷的畫。

「前些日子，我到豐子愷家裏去，他送了這幅畫給我。」楊如深說。

「豐子愷住在小龍坎？」

「住在沙坪壩。」

「你怎會認識他的？」

「他是我的表哥。」

從小喜歡豐子愷漫畫的我，聽了楊如深的話，忍不住要求他介紹這位風格獨特的畫家與我相識。楊如深說：

「今天廠裏沒有甚麼事情需要我做，可以陪你到沙坪壩去走一趟。」

那是一個晴朗的日子，很熱。上午十一點左右，楊如深陪我到沙坪壩去見豐子愷。對於我，這是一個難忘的日子，也是一件難忘的事情。

從小龍坎到沙坪壩，沿公路走，路程不短；抄近路，只需穿過中

央大學與重慶大學的校園，二十分鐘左右就可以到達。

　　沙坪壩是著名的文化小鎮，正街書店林立，文化氣息十分濃厚。豐子愷選擇這座小鎮作為戰時的居所，非常合適。

　　在前往沙坪壩的途中，楊如深與我談了一些關於豐子愷的事。至於談話的內容，現在我已記不清。這幾年，我的記憶力越來越差，追憶過去的事情，大部分都是模模糊糊的。記憶中，印象比較深的，是豐子愷和他的孩子們用泥土做麻雀牌的事。戰時的重慶，物質非常缺乏，別說麻雀牌，就是日用必需品也不容易得到。在那種情況中，孩子們想將麻雀牌當作玩具，只好自己動手做。這是一件有趣的事。

　　谷崎潤一郎[1]從《緣緣堂隨筆》中看出豐子愷「是個非常喜歡孩子的人」，一點也沒有看錯。豐子愷在《作父親》一文中所透露的慈愛，可以從這一類小事中獲得具體的證明。他確是一個非常喜歡孩子的人。

　　豐子愷的漫畫，與一般漫畫家的作風不同，表現技巧獨特，具有顯明的民族色彩。我在小學讀書的時候就喜歡他的畫了；讀初中時，林語堂編的英語讀本中也有他的插圖。這些插圖，畫得很生動，減少了學生對課本的憎厭。

　　那一天，對於我是一個重要的日子。

　　過了一個時期，《國民》副刊革新，為了充實內容與美化版面，我寫過一封信給豐子愷，請他為我畫一個版頭；寫一篇散文。三天後，他的覆信寄到了。在信中，他這樣寫：

以鬯先生：

　　囑寫報題，今日郵奉，乞收。弟近來久不寫文，因身體和眼力均不勝任，尊編副刊，弟暫時未能投稿，以後如有所作，當再報命可也。即頌

近安

弟豐子愷頓首

十月十六日下午

　　這封信給我的喜悅很大，豐子愷畫的畫，有詩趣，具東方味，放在副刊裏，生色不少。佩弦說豐子愷的漫畫是「帶核兒的小詩」，這個報題，詩意頗濃，我特別喜歡，用了一年左右，才更換。相信抗戰時期讀過《國民公報》的人，一定會留下多少印象。版頭的構圖是這樣的：左邊一根大柱子，上端有捲起的竹簾，簾下則是副刊名。

　　在《國民公報》工作了一個時期，一位老同學介紹我進《掃蕩報》做事。《掃蕩報》在李子壩；《國民公報》在化龍橋，我必須經常在兩個地方走來走去。工作越來越忙，除非逢到休息的日子，否則，很少有機會到小龍坎或沙坪壩去看那邊的朋友。從一九四二到一九四五年抗戰勝利為止，我的生活一直是這樣的。

　　戰爭結束，《掃蕩報》決定改為《和平日報》。報紙改名，副刊自然也要改。報館方面認為改名後的副刊，應該擴大篇幅，廣邀名家撰稿，以壯聲勢。我是副刊編輯，為了配合報館方面的要求，寫了幾十封徵稿信給當時居住在重慶的作家，請他們捧場。豐子愷是我約稿對象之一。

豐子愷正在計劃舉行畫展，很忙。我寫信給他時，並不知道他有
這個計劃。後來，報館的記者告訴我：豐子愷在兩路口舉行畫展，我
馬上趕去參觀。在會場中，豐子愷向我表示：只要有空閒，一定幫我
寫稿。我向他道謝，他帶我參觀他的作品。這天晚上，我寫了一篇有
關此次畫展的短文，登在副刊裏。

改版之前，我又寫了一封信給豐子愷，催他為《和平》副刊撰稿。
過些時日，他覆我這樣一封信：

以邙先生：

　　屢示，並蒙為拙展作文宣揚，深感美意。弟渝展閉幕後即
去北碚，昨日始返沙坪。尊屬為和平日報作稿，定當如命，惟
此次訂畫者太多，（兩處達二百餘件）故月內非埋頭作畫還債不
可，十二月初，即得空閒，屆時必有以報命，尚乞原諒，先此
奉達，即頌
時安

　　　　　　　　　　　　　　　　　　　　　　弟豐子愷叩
　　　　　　　　　　　　　　　　　　　　　　十一月十九日
　　舍親楊如深弟已抵浙，昨有來信。附及。

豐子愷在信中所說：「訂畫者太多」，確是實情。我在參觀畫展
時，曾看到許多紅色的訂購標紙。不過，信尾的附語卻使我感到意外。
戰爭剛結束，寄居大後方的外省人，多數歸心似箭，交通工具異常缺
乏，搭車搭船，都很困難。楊如深能夠那麼快返抵浙江，當然會引起

別人的羨慕。

我自己則是十二月尾離渝回滬的。《和平》副刊由王平陵接編。我回到上海後，對豐子愷的情況就不大清楚了。

一九七三年四月八日作

一九七九年一月十二日修改

【注釋】

〔1〕 谷崎潤一郎，日本著名小說家，生於一八八六年，卒於一九六五年，曾獲諾貝爾文學獎多次提名。代表作有長篇小說《春琴抄》、《細雪》，被日本文學界推崇為經典的唯美派大師。

【賞析】

在文中，劉以鬯憶述自己跟豐子愷認識的經過，以及一段交往經歷。一九四一年，太平洋戰爭爆發，當時劉以鬯到重慶去工作，以主筆的名義編《國民公報》的副刊，因友人楊如深的介紹，在著名的文化小鎮沙坪壩，與豐子愷初次相見，其後，「《國民》副刊革新，為了充實內容與美化版面，我寫過一封信給豐子愷，請他為我畫一個版頭；寫一篇散文」。豐子愷如約畫了「報題」，頗富詩意，令副刊生色不少。

過了一段時期，劉以鬯兼任《掃蕩報》的副刊編輯。一九四五年，戰爭結束後，《掃蕩報》改名為《和平日報》，副刊擴大篇幅，廣邀名家撰稿，豐子愷成了約稿對象之一。原來豐子愷正在計劃舉行畫展，所以很

忙。其後，劉以鬯參觀了畫展，還寫了一篇報道的短文，登在副刊裏。在會場中，豐子愷曾表示只要有空閒，一定幫他寫稿。可是，由於訂畫者太多，須埋頭作畫，要先還清畫債。至十二月尾，劉以鬯回上海後，對豐子愷的情況就不大清楚了。

事隔二十多年後，作者以平實淺易的文字，將兩人因畫結緣的經過描述出來，文中還提及自己在小學讀書時，就喜歡豐子愷的畫，還指出「豐子愷的漫畫，與一般漫畫家的作風不同，表現技巧獨特，具有顯明的民族色彩」，可謂別具慧眼。

作者筆下的畫家，平易近人，也「是個非常喜歡孩子的人」，看過豐子愷散文集《緣緣堂隨筆》的讀者，一定深有同感。

吳煦斌的短篇小說

【題解】

　　吳煦斌短篇小說集《牛》（素葉出版社，一九八〇年初版），收錄九篇作品，是作者創作多年的成果。本篇可說是劉以鬯為《牛》所寫的「序言」。在文中，他對於吳煦斌的短篇小說，作出分析，詳述其藝術特點。

【文本】

　　中國現代短篇小說浩如煙海，像《獵人》與《牛》那樣具有獨特風格的，並不多見。讀《金鎖記》，我驚服於張愛玲在小說中顯現的智能。讀《獵人》與《牛》，吳煦斌在小說中顯現的智能同樣令我驚服。張愛玲是綠叢中的紅，寫小說，有特殊的表現手法。吳煦斌的小說，為數不多，也常能令人感到新鮮。兩人之間只有一點相似：與眾不同。張愛玲小說無處不是刺繡功夫的纖細精巧，民族色彩濃；

吳煦斌的小説民族色彩淡，卻充滿陽剛之美。向叢林與荒野尋找題材的吳煦斌，是一位有抱負的女作家。趙景深曾對羅洪小説作過這樣的評語：「我們如果不看作者的名字，幾乎不能知道作者是一個女性，描寫的範圍廣闊，很多出乎她自己小圈子以外。」這幾句話，用來批評吳煦斌的小説，更為恰當。將吳煦斌與羅洪比較，並無必要。兩人走的道路，少有相似之處。吳煦斌不喜走坦途。她寧願選擇「紅絨木枝椏差不多遮去了通路」（《木》）的雜木林或者「穿過木槿和草櫻的短叢」（《牛》）。坦途會消弱勇氣，成就必定來自苦鬥。吳煦斌寫小説，用筆精緻細密，不經過苦鬥，不能成篇。那是野心與能力的苦鬥。

在城市裏成長的吳煦斌見到「一隻很美麗的蜻蜓」，就會想到「牠怎會穿過這許多塵埃和寒冷來到城市裏？」（《木》）同樣的好奇，使我想到一個久居城市的人怎會「在森林中一個小丘的洞穴裏居住下來」（《獵人》）？這一份好奇，幫助我找到了問題的答案。吳煦斌要是對生態學沒有興趣的話，決不可能寫出素材豐富而充滿象徵意味的《獵人》與《牛》與《山》與《石》與《海》……。她用叢林象徵理想，正因為她自己的血液裏也「有雨與叢林」。蟒蛇吞食鬣蜥是極其殘酷的事情，縱使「不能明白」，她卻「覺得美麗」。讀她的小説，除非不想看到超越現實的一面，否則，就該慢慢辨別，細細咀嚼。請接受我的勸告：牛飲與囫圇下吞會失去已得的東西。她長於繪影，也長於繪聲，更重要的是：她長於描寫動物與植物。這些描寫，細膩一如端木蕻良，使小説中的文字變成鮮艷的油彩。據我所知：端

木蕻良除了能書善畫外，對生物學也有十分濃厚的興趣。（一九三二年暑期，端木考入清華歷史系與燕京生物系。）類似的興趣使吳煦斌在小説藝術的表現上獲致近乎端木的成就。不過，吳煦斌更富於想像。石壁上的牛群，會使她「感到這些泰然的強力的生命的注視」。這句話的含義，強迫讀者深思。亨利·米勒曾在寫給白先勇的信中坦率指出中國作家的膚淺。我們的感情遂被嚴重地刺傷了，不過，我們的小説缺乏深邃的含義確是多年來一直存在着的事實。重視吳煦斌的小説，因為她的小説篇篇都有深意。當你讀過《石》或《海》或《山》之後，你不能不閉上眼睛思索那些隱藏的意義。然後，你會重讀一遍，甚至兩遍三遍。……在那些好像「鎔鍊」過的文字中，詩與哲理常如春天的花朵般處處盛開。當我們讀到「風吹過樹林發出奔馬的聲音」（《牛》）時，我們在讀詩。當我們讀到「帶着不安的心墜入夢中，卻無能進入更大的家居」（《牛》）時，我們在讀哲學。這些充滿詩意與哲理的文字，是敘述的工具，也提出了一些重要而不易找到解答的問題。吳煦斌在她的小説中不僅描寫了現實世界的表面，還揭示了現實裏邊的本質。她寫「不常常是藍綠色的」海。她寫「一夜之間消失」的山。她寫「美麗奇怪的石子」。她寫「蝙蝠」。這裏，恕我説一句坦率的話：我不喜歡「蝙蝠」。她看來是個相信自然律的人，探究「生與死」，或者「人類遠古的童年」，或者「廣大的家居」，即使「遠離宇宙」，仍是以大自然的精氣作為基礎的。她的小説，截至目前為止，多數與大自然相扣。

從魚目堆中辨認真珠，是一項重要的工作。寫這篇短文，用意在此。

一九八〇年六月十一日

【賞析】

劉以鬯在文中，將吳煦斌與張愛玲相提並論，謂：「中國現代短篇小說浩如煙海，像《獵人》與《牛》那樣具有獨特風格的，並不多見。……張愛玲是綠叢中的紅，寫小說，有特殊的表現手法。吳煦斌的小說，為數不多，也常能令人感到新鮮。兩人之間只有一點相似：與眾不同。……」

「與眾不同」這四個字，可謂擲地有聲。在《他們在島嶼寫作》系列二《劉以鬯：1918》中的開首，劉以鬯便說出這四字真言。他對於自己的小說，一直都有「求新求異」的目標。他拈出「與眾不同」這四個字，形容吳煦斌的小說，可見其評價甚高。

他又指出吳煦斌跟張愛玲不同——「吳煦斌的小說民族色彩淡，卻充滿陽剛之美。向叢林與荒野尋找題材的吳煦斌，是一位有抱負的女作家。」

劉以鬯還提到著名的東北作家端木蕻良，說端木「除了能書善畫外，對生物學也有十分濃厚的興趣」。還告訴讀者：「類似的興趣使吳煦斌在小說藝術的表現上獲致近乎端木的成就。不過，吳煦斌更富於想像。……重視吳煦斌的小說，因為她的小說篇篇都有深意。」他極為欣賞吳煦斌的創作才華，於此盡顯。

在篇末，他道出「從魚目堆中辨認真珠，是一項重要的工作。寫這篇

短文，用意在此」。其實，透過這篇文章，我們亦可了解劉以鬯對創作小說的要求。

吳煦斌在書中的《後記》，亦作出回應：「感謝劉以鬯先生對我的信心和支持。《牛》尤其是在這種鼓勵之下才能夠寫出來的。」寫作路上，對後學予以支持和鼓勵，正是劉以鬯先生一貫的作風，難怪有文學界「伯樂」之稱。

市長

【題解】

　　「微型小說《市長》寫小家庭的趣事。」劉以鬯在《模型・郵票・陶瓷》的前言中，將《市長》視為微型小說。不過，他也曾說過：「由於散文並無準確定義，將小說與散文割開，並不容易。」（見《他的夢和他的夢》自序，明報出版社，二〇〇三年，頁二）故此，將《市長》放在散文的籃子裏，亦無不可。

　　劉以鬯寫稿之餘，也喜歡在家中砌模型。《市長》寫於二〇〇一年，文中的老麥也喜歡砌模型，看來也有幾分作者的影子。

【文本】

　　老麥喜歡砌模型。

　　他用 VOLLMER、FALLER、KIBRI 等公司出的模型屋元件，砌成幾條街，有市政廳、有郵局、有警局、有教堂、有旅館、有銀行、有

商店、有消防局、有大廈、有餐廳、有住宅、有公共遊憩場、有加油站、有超級市場、有療養院、有鵝卵石鋪的街道、有街燈、有樹、有電話亭、有小巷、有河、有橋、有船、有公廁、有郵筒、有廢物箱、有巴士站、有巴士、有汽車、有的士、有馬車、有手推車、有摩托車、有腳踏車、有貨車……除此之外，還有許多微型人物。這些微型人物都是德國 PREISER 公司的出品，比例是八十七分之一。

雖然砌成的模型只有幾條街，老麥卻將這個模型看作一座城市。

老麥自稱「市長」。

當他有空時，他會與強仔用膠接劑黏緊各種附件，加在模型上面，作為裝飾，增加這座沒有生命的「城市」的真實性與複雜性。

他很喜歡這座模型城市。強仔也很喜歡這座模型城市。

他花很多時間使這座模型城市成為精緻的組合。強仔也花很多時間使這座模型城市成為細巧的結構。

由於花費在這座模型城市的時間太多，強仔沒有時間溫習功課。學期結束，老麥知道強仔考試不及格，急得暴跳如雷，疾言厲色責備強仔：

「教你不要玩模型，你一定要玩！」

強仔聽了父親的話，憤怒的火燄頓時在心中燃燒，直眉瞪眼，大聲辯駁：

「你可以玩模型，我為甚麼不能玩？」

語音未完，伸手舉起模型，憤然擲在地板上，用鞋底將模型踏得粉碎。

模型破碎，老麥的甜夢隨之破碎。

甜夢破碎後，老麥決心從虛構與想像中重回現實，希望強仔能夠將時間放在功課上。

他不再砌模型。

他恢復做市民，不做「市長」。

問題是：失去模型城市後，情緒低落，意志消沉，做甚麼都不感興趣。無聊時，翻開書本閱讀，讀了一兩頁就將書本放下；愁悶時，走去看電影，看了幾分鐘就走出電影院。

老麥無法從這樣的日子裏得到樂趣。

過了一個時期，另外一件意想不到的事情發生了。當他過生日時，麥太送他一份豐厚的生日禮物：十盒 VOLLMER 出的模型屋元件。麥太在模型屋盒上寫了六個字：

「重建新城，市長！」

二〇〇一年十月十六日

【賞析】

記得在二〇一六年，看紀錄片《劉以鬯：1918》，電影中有一段有趣的記錄，攝於劉家，這位文壇的一代宗師，興致勃勃地介紹他所砌的模型作品，令人印象難忘，就像《市長》文中所說：

「他用 VOLLMER、FALLER、KIBRI 等公司出的模型屋元件，砌成幾

條街，有市政廳、有郵局、有警局、有教堂、有旅館、有銀行⋯⋯除此之外，還有許多微型人物。」

　　自稱「市長」的老麥卻將這個模型看作一座城市，雖然砌成的模型只有幾條街。其後，因為兒子的學業，他不再砌模型，失去模型城市後的老麥，情緒低落，意志消沉，了無生趣。

　　作者安排了一個「驚喜」的結局──「當他過生日時，麥太送他一份豐厚的生日禮物：十盒 VOLLMER 出的模型屋元件。」麥太還在模型屋盒上寫了六個字：「重建新城，市長！」可見文章構思之巧妙。

　　心思縝密的讀者，也許會留意到，文中的麥太善解人意。說不定，這是作者向現實中的劉太致意。

序《暢談香港文學》

【題解】

　　本文寫於二〇〇二年，顧名思義，是《暢談香港文學》（獲益出版事業有限公司，二〇〇二年）的序。文章構思獨特，甚有新意，可說是一篇實驗散文。

【文本】

他

　　他說：「香港是文化沙漠。」

　　他說：「香港沒有文學。」

　　他說：「香港文學無異是中小學生作文。」

你

　　你打開歷史大門，走入「過去」，察看香港文學的足跡。

　　你站在薄扶林一幢洋房旁邊，聽到王韜與理雅各的談話聲。

　　你用廣東話朗讀廖恩燾的《叉麻雀》與《推牌九》。

　　你在《雙聲》第一集裏看到黃天石用白話文體寫的短篇小說《碎蕊》。

　　你在一九二四年出版的《英華青年》裏看到鄧傑超用白話文寫的短篇小說《父親之賜》。

　　你在香港青年會聽魯迅講《老調子已經唱完》。

　　你覺得《伴侶》第八期的封面設計很像月份牌。

　　你看見幾個「島上社」社員在島上討論陳靈谷的《寂寞的島上》。

　　你發現陳殘雲在《大光報》的副刊裏扮黃包車夫。

　　你聽到茅盾在《你往哪裏跑？》中發出短促的呼吸聲。

　　你從許地山的《鐵魚的鰓》中看到「落華生精神」。

　　你知道夏衍不但在冬夜寫獨幕劇；還在寒冷的春天寫吳佩蘭的故事。

　　你一口氣讀畢端木蕻良在香港寫的四部長篇小說：《蒿壩》、《新都花絮》、《大江》、《大時代》。

　　你走入「孔聖堂」去聽蕭紅報告魯迅事跡。

　　你搭車趕去九龍青山的達德學院讀文學。

　　你從《文藝青年》中看到一群香港文藝青年在建築健康的香港

文藝。

你爬上電車樓座遇見憂鬱的樓適夷在觀看紛擾的香港街頭。

你將耳朵貼近李育中的《四月的香港》時聽到有人在唱《義勇軍進行曲》。

你走入袁水拍的《後街》，嗅到刺鼻的腥臭；也聽到近似呻呼的歌聲。

你想不到鷗外鷗竟會這樣 OUTER OUT。

你不知道胡春冰的《深水埗之戀》是真事還是劇情。

你不止一次閱讀戴望舒寫的《跋山城雨景》，心裏多了幾個很難解答的問題。

你不止一次閱讀葉靈鳳寫的《序山城雨景》，心裏多了幾個很難解答的問題。

你跟隨蝦球牛仔越過九龍獅子山時內心充滿希望。

你進入窮巷聽貧窮文人唱都市曲。

你與秦牧一同站在黃金海岸遠眺十九世紀干諾道的豬仔館與西環對開海面的豬仔船。

你利用馬國亮的美國風情畫辨認美國的短與美國的長。

你搭乘巴士前往淺水灣聽海浪重述張愛玲的傾城之戀。

你意想不到姚克會在陌巷裏對幾個白粉道人講述龍城故事。

你知道在半下流社會裏生活的趙滋蕃曾經做過扛麵粉的腳夫。

你仍能在彌敦道找到曹聚仁筆下的酒店。

你知道徐訏的《江湖行》與平江不肖生的《江湖奇俠傳》不屬於

同一類的小說。

　　你與李輝英站在小洋房前目擊那個牽狗的太太帶走小保險箱。

　　你走上熊式一的天橋，遠眺王寶釧在英國舞台上舞弄戲衣的水袖。

　　你採擷力匡詩句裏的意和境。

　　你採擷何達詩句裏的情和思。

　　你與余光中在旺角街市不期而遇，余光中正在凝視一個老嫗的臉紋。

　　你伴同黃國彬坐在山上俯瞰吐露港的水光。

　　你走進狹窄的金盤街時見到林太乙在三十一號門口與寶倫的叔叔打招呼。

　　你在西灣河與睜大眼睛看太陽下山的舒巷城相遇。

　　你站在海邊欣賞文社潮。

　　你意外地發現李維陵在荊棘中尋找愛情洞穴。

　　你不明白司馬長風為甚麼要在夢與醒的邊緣走來走去。

　　你看見盧瑋鑾、鄭樹森、黃繼持在歷史軌跡上攜手同行。

　　你收到一張明信片，是也斯從布拉克寄來的。

　　你在吳煦斌的小說中找到牛的思想和木的感情。

　　你讀《染》，才知道阮朗習染在九龍染布房街踱步。

　　你喜歡東瑞運用新的手法敘述《一件命案》。

　　你見到黃維樑一次再次提燈照亮香港文學的軌躅。

　　你欣賞杜國威將喜劇因素注入南海十三郎的悲慘事件。

你認為林蔭的思想會在九龍城寨的煙雲間跳舞。

你打開一幅香港地圖，原來是董啟章用文字繪製的。

你肯定潘國靈的小說是「香港製造」的小説。

你常常跟隨犁青到詩國去遊山玩水。

你以為陳寶珍在找房子，她卻趴在窗框上望海。

你問王良和：「柚子有甚麼好看？」王良和答：「因為柚子睜大眼睛看我。」

我

一九八一年三月十三日，我在新加坡「國際文學研討會」上談《香港的文學活動》。

一九八三年八月十一日，我在「第五屆中文文學週專題講座」上談《端木蕻良在香港的文學活動》。

一九八三年八月十五日，我在「中文文學週研討會」上談《香港文學：檢討與展望》。

一九八四年八月二日，我在深圳「台港文學講習班」上談《三十年來香港與台灣在文學上的相互聯繫》。

一九八四年十一月四日，我在「世界中文報業協會第十七屆年會」上談《副刊在香港中文報紙的地位》。

一九八五年四月二十七日，我在香港大學「香港文學研討會」上發言，談《五十年代初期的香港文學》。

一九八六年十二月，我在「第三屆台港及海外華文文學學術討論會」上談《香港文學的進展概況》。

　　一九八八年十二月八日，我在中文大學與三聯書店合辦的「香港文學國際研討會」上談《香港文學中的「和平文藝」》。

　　一九九三年六月五日，我在嶺南學院現代中文文學研究中心主辦「作家座談討論會」上談《有人説香港沒有文學》。

　　一九九四年一月二十九日，我在「香港藝術發展局工作委員會藝術政策論壇」上談《如何推動香港文學》。

　　一九九四年七月，我在香港電台接受李仁傑與韋佩文訪問，談香港文學，分十三節播出。

　　一九九五年十月十六日，我在北京中國作協的歡迎酒會上談香港文學。

　　一九九七年一月五日，我在「第一屆香港文學節研討會」上談《五十年代的香港小説》。

　　一九九八年七月三日，我在「第二屆香港文學節研討會」上談《香港文學的雅與俗》。

　　一九九九年十二月三日，我在「第三屆香港文學節研討會」上談《香港文學的市場空間》。

　　二〇〇二年三月九日，我在新亞洲出版社主辦的「中學中國語文研討會」上談《我怎樣學習寫小説》。

這本書

書名《暢談香港文學》，因為「㲀」與「暢」字同。

二〇〇二年四月二日

【賞析】

全文分為四部分——「他」、「你」、「我」和「這本書」。

第一部分「他」，只有三行字——

他說：「香港是文化沙漠」。

他說：「香港沒有文學。」

他說：「香港文學無異是中小學生作文。」

作者寫出了一般人對香港文學的誤解和偏見。

第二部分「你」。

作者帶領讀者「打開歷史大門，走入『過去』，察看香港文學的足跡」。從王韜談起，直到王良和為止。劉以㲀以簡明扼要的文字，書寫近百年香港文學的簡史，一步一腳印，讓讀者認識本土文學發展的概略。

第三部分「我」，則由作者自我介紹。從一九八一年說起，直到二〇〇二年，記下「我」（即劉以㲀本人）多年來參加的文學活動、專題講座，扣緊香港文學這個主題。

最後一部分「這本書」，最為特別，只有一行字——

「書名《暢談香港文學》，因為『㲀』與『暢』字同。」

作者向讀者開了一個玩笑。

文章結構巧妙，盡顯作者獨到的心思。劉以鬯先從一般人的誤解說起，然後透過第二、三部分的內容，以鐵一般的事實作出回應，告訴大家──香港並非沒有文學，就因為這樣出版了《暢談香港文學》這本文學論著。

舊村

《舊村》寫於二〇〇二年，原刊於《大公報 · 文學》，寫的就是一條
舊村的情貌。

【 文本 】

中午。走入七亂八糟的舊村。伸手衣袋抓到一把侷促。回憶無法
驅走陌生感。村口的公廁不斷發散難聞的臭氣誘人吐逆。一隻大貓從
空無一人的石屋中跳出。

窄街很髒。右邊有鏟泥車在吞噬碎石。左邊的木屋驀地有柵木掉
落。幾隻小鳥到處尖叫。枯黃的樹葉在微風中飄颭。

彎彎曲曲的石板路有不同鞋底留下痕跡。茶餐廳的玻璃窗上貼
着「最後兩天」的字條。士多老闆一再用手掩住嘴巴打呵欠。舊事難

忘。五十年前有個姓左的學者與一個名左的詩人合資在村內開一家小小士多。

　　沿街的商店大部已關閉。商店後邊的石屋已傾圮。石屋旁邊有一所敗壞的鐵皮木屋。五十年前住在這裏的滬江大學教授不識「嘢」字和「冇」字，自稱「半文盲」。

　　一隻黃狗在倒塌的牆壁中屙屎。一隻黑狗在垃圾堆裏覓食。垃圾堆裏有許多蒼蠅飛來飛去。新生的花草無法散發馥郁也不能展示美艷。毗連的木屋石屋鐵皮屋歪七扭八擠在一起。到處是纏繞如亂絲的電線與天線。木門上的春聯被時間撕爛後只賸「年……過……年」與「處……家……處……家」七個筆劃不齊的字。竹竿羼雜木條。有責任掃除垃圾的掃把和畚箕也變成垃圾。破屋裏走出揹着大包袱的老太婆。後邊是提着破皮箱和大膠袋的瘦骨老頭子。他們不願丟掉過去的艱難與困苦，只好將霉爛的感情拿到陽光下去曬曬。

　　密雲遮擋陽光下射。七八個頑童在大樹邊追尋快樂。雜物塞途。感情懇求陳跡不要離去。工人卻將歷史葬入砂礫。

二〇〇二年五月十六日

刊於二〇〇二年五月二十九日《大公報・文學》第五六二期

【賞析】

　　文章篇幅很短，不到六百字，活像一篇散文詩，文字充滿想像，描寫

舊村的種種風貌，意象綿密細緻。

這篇散文，極富電影感，文字如鏡頭般呈現出具體的畫面，例如「窄街很髒。右邊有鏟泥車在吞噬碎石。左邊的木屋驀地有柵木掉落。幾隻小鳥到處尖叫。枯黃的樹葉在微風中飄颻」。又如「新生的花草無法散發馥郁也不能展示美艷。毗連的木屋石屋鐵皮屋歪七扭八擠在一起。到處是纏繞如亂絲的電線與天線」。寫來活靈活現。

作者運用巧妙的比喻、生動的擬人手法，牽引着讀者，走進香港的一條即將消失的舊村，「舊事難忘。五十年前有個姓左的學者與一個名左的詩人合資在村內開一家小小士多」。歷史的滄桑，就在我們的眼前湧現。

「密雲遮擋陽光下射。七八個頑童在大樹邊追尋快樂。雜物塞途。感情懇求陳跡不要離去。工人卻將歷史葬入砂礫」。結尾這一段，讀來教人黯然。

輕描香港

【題解】

香港，在劉以鬯心目中，究竟是怎樣的?《輕描香港》寫於二〇〇二年，讀者在文中可以一窺其見。

【文本】

眼睛是照相機。

印象是用眼睛拍攝的照片。

香港地小人多，大部分空間已被高樓大廈捉住。

站在山頂觀景台俯瞰香港夜景，萬家燈火像一塊釘滿膠珠花的黑布，光輝燦爛。

在許多人的心目中，香港是一座含有十二開金的城市。

中國銀行用巨大的剃刀刮亮貝聿銘的驕傲。英皇道沒有英皇的足

跡。皇后道沒有皇后的足跡。從皇后道搭乘自動梯到伊利近街可以吃到不少美味的食物。荷李活道的文物一直在計量時間的步速。蘭桂坊的酒杯裏有太多的引力和刺激。地鐵油塘站於二○○二年八月四日啟用。地車的車門告訴乘客「將軍澳中心同地鐵站只有○距離」。海洋公園的「安安」和「佳佳」只吃竹類植物。青馬大橋仍在用雄偉表達興奮。淺水灣有埋葬蕭紅骨灰的地方。李鄭屋漢墓中的青銅鏡是顯現美麗的古代器物。有人到太古城中心去看小孩子攀登「火箭攀石牆」。有人到鯉魚門海防博物館輕輕敲幾下過去的事跡。有人到柴灣的客家村屋去尋找十八世紀的氣氛。⋯⋯

香港有十字街頭，也有象牙之塔。

香港被人看作華人世界首都。

香港是古今中外文化的交叉點。

香港是一本薄薄的歷史書。

《香港史》第一章：（待補）。第二章：新石器時代中國先民在香港的活動。第三章：（待補）。第四章：中原漢族移居嶺南區。第五章：（待補）。第六章：英軍強佔香港。第七章：清廷割讓香港給英國。第八章：日軍侵佔港九。第九章：英軍重回香港。第十章：香港回歸中國。

香港從「過去」走到「現在」，不但將黑白變成彩色、將無聲變成有聲；還為陳舊的故事穿上華麗新衣。

香港是一幅用水墨繪在宣紙上的西洋畫，筆法巧妙，清楚展現思想中的彩色慾望，自成一格。

天文台懸掛今年首個一號風球的下午，詩人在夢境中與香港相遇，很有禮貌地說一句「你好」。香港答：「我是從夢境中浮起的真實。」

香港是不香的海港。

香港是世界最大的超級市場。

香港這個海港名叫「唯圖利啊」！

二〇〇二年八月四日作

【賞析】

作者說他的「眼睛是照相機」，又說「印象是用眼睛拍攝的照片」。

讀者可以追隨作者的眼睛，透過文字，觀賞他拍攝的照片。

「香港有十字街頭，也有象牙之塔。」

香港的中環有中國銀行，淺水灣也有埋葬蕭紅骨灰的地方。

「香港是一本薄薄的歷史書。」

《香港史》共有十章，第一章待補，第十章是「香港回歸中國」。

毫無疑問，香港是中外文化的交匯點。在作者的筆下，「香港是一幅用水墨繪在宣紙上的西洋畫，筆法巧妙，清楚展現思想中的彩色慾望，自成一格」。

最後，劉以鬯一語道破──「香港這個海港名叫『唯圖利啊』！」

作者的文字，凝練簡約，不見浮文贅辭。他淡墨寫香港，以文字織成流動的畫面，別具情致。閱讀這篇散文，香港的影像就自自然然地浮現眼前。

附錄：我怎樣學習寫小說

安娜‧芙洛斯基

在高中讀書時，我開始學寫小説。第一篇小説題為《流亡的安娜‧芙洛斯基》，寫一個白俄女人離鄉背井流轉到上海的生活。

寫白俄女人，無非想在小説中加一些異國情調，使小説能夠有一些新意，跳出窠臼。其實，我對白俄的認識很淺，雖然常在上海法租界霞飛路見到羅宋瘟三與羅宋妓女，對他們的實際情況並不了解。因此，剛落筆就有一個難解的問題：主角的名字叫甚麼？我不懂俄文，也沒有懂俄文的朋友，要解決這個問題，唯有到圖書館去看書，看到列夫‧托爾斯泰的長篇小説《安娜‧卡列尼娜》，暗忖：「將主角喚作安娜吧。」然後翻閲內文，在第七章看到另一主要人物的名字是：亞力克賽‧機利諾微支‧芙洛斯基，就決定將主角叫做安娜‧芙洛斯基，不但不知道這種做法十分幼稚；反而以為將洋味羼雜在小説裏是很時髦且有新意的做法。

小說寫成，我拿給同學華君武看，華君武繪製三幅插圖，寄給朱血花（旭華）先生。朱先生將這篇小說發表在他主編的《人生畫報》（二卷六期，一九三六年五月十日），使我得到很大的鼓勵。

「孤島」時期寫的小說

中學畢業後，七七事變爆發。我入大學讀書，課餘仍在寫稿。我寫了《山麓的風暴》、《自由射手》、《羊群和疲憊的牧羊人》、《七里塢的風雨》等幾篇習作投寄《文匯報》副刊與《文筆》，都被採用了。這幾篇小說雖有真切情意，也有抗日內容，因為缺乏真實的體驗，不能不將想像轉化為現實。

讀大三時，聖約翰大學從「大陸商場」搬回梵王渡，我在上學或放學的時候必須經過滬西越界築路，對這一帶的物境相當熟悉。越界築路是三不管地區，租界的居民可以去；日軍佔領區的居民也可以來，環境特殊，有不少賭場、夜總會、酒吧、餐館、煙窟、夜花園、俱樂部與裸女表演舞蹈的場所……。我覺得這一區的夜生活很有特色，有意寫一篇有抗日含意的小說，以這些生活情景作為襯托，寫一個地下工作者與一個白俄表演女郎的愛情故事。那時候，有一個姓湯的同學讀過俄文，我向他提過一些關於俄國人的問題。

一九四一年夏，大學畢業。幾個月後，太平洋戰爭爆發。

在重慶寫《地下戀》

太平洋戰爭爆發後，日軍進入租界，「孤島」陸沉。我不願在敵人統治下生活，帶着簡單的行李，隻身前往重慶。到了重慶，因為找不到工作，寄居在小龍坎親戚開設的鐵工廠裏。就在這時候，我開始撰寫在上海構思的那篇小說。

我將小說題為《地下戀》，情節是虛構的；不過，為了使小說具有真實性，我盡量加插熟悉的生活場景，將實際情況當作顏料揉在虛構的情節上。

過了幾個月，《國民公報》找我去編副刊。我利用空閒的時候將小說寫成，字數超過三萬，是我最早寫的中篇小說。我知道中篇小說被採用的可能性很微，所以沒有投寄報刊。我很想將《地下戀》發在《國民》副刊，卻一直沒有發，理由是：這篇小說字數頗多，發表在自己編的副刊裏，萬一有人不滿，可能招致嚴重後果。基於這個理由，一九四四年接編《掃蕩報》副刊時，也沒有將《地下戀》登在《掃蕩》副刊裏。我只是寫一些短稿如故事新編《西苑故事》、微型小說《風雨篇》、短篇小說《飢餓線上》等。

出乎意料之外，有一天，我在編輯部工作時，王藍問我有甚麼新作，我將寫在拍紙簿裏的《地下戀》拿給他看，他拿去交給他的朋友，發表在一九四五年九月出版的《文藝先鋒》第七卷第八期。

沒有創意

《地下戀》刊出時，日本已宣佈無條件投降。一九四五年十二月，我從重慶回到上海，先在上海版《和平日報》編副刊；然後辭去《和平日報》的職務，用父親遺給我的錢創辦出版社。

出版社成立後，沈寂約我為他編的《幸福》雜誌寫小說，我寫了《失去的愛情》。

與《地下戀》一樣，《失去的愛情》也是一篇三萬多字的中篇小說，雖由國泰電影公司拍成電影，敘述方式受一篇奧國小說的影響，沒有創意。

《失去的愛情》發表後，沈寂再一次向我索稿，我抽不出時間寫新作，只好將《地下戀》交給他在《幸福》雜誌重登，題目改為《露薏莎》。

抽不出時間寫新作，因為出版社有許多事情需要處理。為了實現求學時的理想，我將全部精力放在出版社。我對出版社抱有很大的希望；可是怎樣也沒有想到：辦了兩年的出版社竟會因通貨惡性膨脹陷於嚴重困境，使我必須到香港去尋求新機會。

通俗‧輕鬆‧趣味

一九四八年，我從上海來到香港，因為人地兩疏，謀職不易，只好賣文為活。香港是個商業社會，文學商品化的傾向十分顯著。大部

分報刊為了招徠讀者，都走通俗路線。在這情況下，除非不想將寫成的文章換取稿費；否則，一定要將別人的要求當作自己的要求、將別人的看法當作自己的看法、將別人的喜惡當作自己的喜惡。那時候，報刊的情況與三十年代的情況無太大分別，一如茅盾在《〈第一階段的故事〉後記》中所說：「香港各報副刊視為足資號召的東西主要是武俠、神怪、色情。」我從未寫過武俠小說；也不願將鹽花灑在文字中。因此，當我在報刊撰寫連載小說時，我只寫通俗小說，不寫庸俗小說；只寫輕鬆小說，不寫輕薄小說；只寫趣味小說，不寫低級小說。這種寫法，與三十年代茅盾在香港《立報》寫《你往哪裏跑》的構思有些相似，目的在於爭取不同層次的讀者群，擴大報紙的發行量。問題是：過分重視小市民口味與市面價值，即使不寫黃色小說；不寫神怪小說；不寫廉價小說，寫得一多，難免背叛自己，忘掉自己，甚至失去自己。

我不願失去自己，即使日寫萬字「娛人小說」，為了找回失去的願望與興趣，也寫自己想寫的小說。

酒後失言

一九六二年，鑒於傳統與常規的局限性頗大，我決定寫一部獨特敘述方式的小說《酒徒》。

激發我寫《酒徒》的動機是：

（一）娛樂他人的小說寫得太多，很想寫一些娛樂自己的小說。

（二）三十年代中國小說出現「差不多現象」，使我覺得有必要

寫別具一格、與眾不同的小說。

（三）我對「五四」以來新文學的看法，與某些人的看法有很大程度不同。我將自己的看法寫出，難免招致不滿。沒有辦法，只好通過「酒徒」的嘴説出，希望以「酒後失言」的解釋，取得原宥。

（四）通過「酒徒」的感受反映香港社會的某些現象。

（五）我接受柯恩（J. M. COHEN）的見解：「詩是使文學繼續生存的希望。」

用小說形式寫詩體小說

拜倫的詩體小說《唐璜》是長詩，不用小説形式。

普希金的《葉甫蓋尼‧奧涅金》是長詩，不用小説形式，被視為「詩體小説」。

一九六四年，我寫《寺內》，嘗試用小説形式寫詩體小説。

從長篇中抽出來的短篇

一九六五年十月一日，我開始為《新生晚報》寫《有趣的故事》，邊寫邊發表，至一九六六年五月二十日寫完，共二十三萬字。寫這部小説的意圖是：將一個寫作人的願望、回憶、情緒、生活細節、內心活動與虛構的情節結合在一起，展示一些「快樂的或不快樂的」事情。下筆前，我相信這個意圖可以促使寫一部具有新意的小説；下筆後，

寫得十分雜亂，與最初的想法有很大的距離。因此，小説在報紙刊完後，雖有出版社願意為這部長篇出單行本，我也沒有接受。過了十年左右，台灣幼獅文化事業公司為我出版小説集，我將其中有關蟑螂的一段抽出，改為四萬餘字的中篇。到了一九九〇年，香港三聯書店為我出版選集，我再一次刪削《蟑螂》，改為兩萬字的短篇。一九九五年，Josephine Kung 將《蟑螂》（短篇）譯成英文，列入卜立德（D. E. Pollard）博士編輯的《劉以鬯小説選》（英譯本）。

現實與幻想

從一九六七年到一九六九年，我曾經應雜誌之約寫過六個短篇小説：

（一）刊於一九六八年二月一日《筆端》第三期的《鏈》。

（二）刊於一九六八年三月十六日《知識份子》半月刊創刊號的《動亂》。

（三）刊於一九六八年四月十六日《知識份子》半月刊第三期的《春雨》。

（四）刊於一九六九年七月號《幸福家庭》的《一個月的薪水》。

（五）刊於一九六九年十月號《幸福家庭》的《吵架》。

（六）刊於《明報月刊》一九七〇年二月號（第五卷第二期）的《除夕》。

《鏈》是一篇沒有故事的小説，用鏈的結構將幾個人物連接在一

起，反映香港社會生活的複雜。

《動亂》以物為主，用物的獨白記錄一九六七年香港「五月風暴」的動亂。

《春雨》用雨勢比喻思想的活動，是一篇政論體的小説。

《一個月的薪水》寫人性的矛盾。

《吵架》是沒有人物的小説，從另一視角寫家庭糾紛。

《除夕》用幻想與現實構成淒惘氣氛。

將長篇刪改為中篇

一九六九年，《明報晚報》約我寫連載小説，我寫《鏡子裏的鏡子》。

篇名《鏡子裏的鏡子》，只是縮寫。我的意圖是：「鏡子裏的鏡子裏的鏡子裏的鏡子……」。

鏡子是可以反映真相的東西，並非真相。你可以在鏡子裏見到自己的像，但不是你。當你站立在鏡子前的時候，你與鏡子裏的人是一個人，不是兩個人。鏡子裏的你是虛象；鏡子外的你才是真實的你。因此，站在一間三面是鏡的斗室中，雖然見到一群「你」，卻不會感到擠迫。同樣的情形，內心空虛恍惚的你在擠擠插插的街道行走，雖然前後左右都是行人，你也會產生寂若無人的感覺。

根據這個想法，我寫《鏡子裏的鏡子》，展示有孤寂感的人在大城市跌落心理困境的煩懣。

小說在報紙刊載時，長十八萬字；結集時，我刪去十二萬字，將長篇改為中篇。

善念與惡念搏鬥

一九七〇年至七一年，香港治安很壞，不但到處有人持刀搶劫；而且隨時有人持刀搶劫，情況嚴重，使我覺得有必要寫一篇以搶劫為題材的小說。

小說題目為《刀與手袋》（出單行本時改為《他有一把鋒利的小刀》），寫一個無業青年走上歧途的經過。

為了表達小說主要人物的內心衝突（善念與惡念搏鬥）和粗暴行為，我採用混合描寫的方法，一方面用傳統現實主義手法敘述事件；一方面用直接內心獨白寫小說人物與自己的「對白」，將人物的思考與事情發展交替進行，藉此開拓傳統現實主義寫法的涵蓋面，加強虛構情節的真實度。

由於小說將事件與人物思維混在一起描寫，我不能不採用兩種不同的手法：（一）寫「事件」時，我不退出小說；（二）寫人物的心理狀態時，為了使讀者感受人物的矛盾思維，我盡量不介入。這樣的安排，目的只有一個：使合在一起的事件描述與人物心理狀態能夠產生互補效應。

沒有故事的小說

我寫「娛己小說」得到的動機，有些是很偶然的。一九七二年，倫敦吉本斯公司舉行華郵拍賣，我投得「慈壽九分銀對倒舊票」雙連。郵票寄來後，我通過顯微鏡察看這雙連票時，產生了用「對倒」方式寫小說的概念。

「對倒」是郵學上的名詞，指一正一負的雙連郵票。因此，寫「對倒」時，我用雙線並行發展的格式，敘述兩個陌路人（一男一女）在同一個生活場景中的行動和思想。

由於兩個主要人物素不相識，且無關係，雖然曾在電影院並排而坐，也只不過作了偶爾的斜視而已。換一句話說，這是一篇沒有故事的小說。

小說是記載故事的一種文體，需要完整的故事情節。沒有故事情節，就不可能有爭鬥與糾葛。沒有爭鬥與糾葛，就不可能有興味線。沒有興味線，就不可能提高讀者的閱讀興味。《對倒》是沒有故事的小說，縱有新意，未必能被讀者接受。所以，到了一九七五年，我將十二萬字的《對倒》改為短篇小說。

為香港歷史加一個注釋

一九七三至一九七五年，我寫長篇小說《島與半島》，企圖為香港歷史加一個注釋。

《島與半島》分兩部分：一部分是虛構的敘述；一部分是非虛構的敘述，合在一起，成為另一類雙線敘述。小說是虛構的，為了增加虛構情節的可信性，我覺得有必要將社會生活的真實現象融進虛構情節，組成橫式結構。

鑒於復雜情節不易重現真實，我寫《島與半島》時，盡量減少這篇小說的故事性，不用曲折離奇、錯綜繁雜的故事去迎合讀者趣味。

在《星島晚報》發表時，這篇小說中的兩部分敘述用相同的字體（老宋），出版單行本時，我將書中非虛構敘述改用楷書字體，藉此減少敘述的混合性，使真實的生活現象能夠對虛構故事產生反照效果。

用人物的思想推動情節

一九八〇年十一月二日，我為《明報晚報》寫連載小說《躊躇》，開頭這樣寫：

「楊蓉走出那家百貨公司，提着大包小包穿過馬路，走去電車站搭乘電車。她住在北角姊夫家裏……」

寫到這裏，覺得用這種傳統模式來寫，不能符合表達主題的需要。理由是，我既然要寫一個上海女人在新環境中的內心衝突，就該直接寫人物的思想。

有了這個想法，我立即將剛寫下的幾句劃掉，重新開始：

「怎麼辦？車站全是候車的人，擠不上去的。為了搶時間，大家

都用蠻力代替禮貌。還是搭巴士吧。⋯⋯」

為了着重表現「內在的真實」，我決定寫小說人物的內心活動。不過，我的寫法與「狀態小説」不同。「狀態小説」排斥情節與事件；我寫《躊躇》，不但不排除情節與事件；而且用小說人物的思想推動情節。

用人物的思想推動情節，作者必須退出小說。換言之，小說中的「我」不是小說作者，而是小說主角。因此，在深化現實主義這一點上，這種寫法可以使小說更忠實於生活。

對我來説，寫這篇小說是一種嘗試。

這篇小説於一九八〇年十一月四日開始在《明晚》連載；於一九八一年一月十四日結束，長六萬字。

一九八五年，華漢文化事業公司為我出版小説集《春雨》，我將修改後的《躊躇》收在集子裏，題目改為《猶豫》。

一九九五年，Florence Ho 將《猶豫》譯成英文，收在卜立德（D. E. Pollard）博士編輯的《劉以鬯小説選》（英譯本）中。

用兩種假設組成的敘述方式

一九八三年，我用複式敘述結構寫微型小説《打錯了》。

《打錯了》發表後，因為敘述結構由兩種假設組合而成，引起相當強烈的反應，有人認為很有創意，有人不願接受這種過分陌生的寫法。

過了一個時期，這篇只花了半小時寫成的小說，不但被譯成英文、法文和日文；還被收入二十幾種報刊與選集。此外，有兩件事也值得一提：（一）安振興、陳貽恩、陸予圻在《文藝學引論》一書中討論「文學藝術的發展」時引錄《打錯了》全文；且作了精闢的詮釋，認為小說「複式的結構突出了時空間錯位對於人生的價值：生命在於瞬間。從中透露出『相對論』時空觀對於構思的影響。」（引自安振興、陳貽恩、陸予圻編著《文藝學引論》，第二十二至二十四頁。上海華東師範大學出版社一九八九年版。）；（二）張春榮在討論極短篇小說的敘述結構時，引錄《打錯了》部分原文。（張春榮著《極短篇的理論與創作》，第一二九至一三〇頁。台灣爾雅出版社一九九九年十一月一日初版。）

黑白對比

　　一九九一年，為了表現自己的創作個性，我寫了《黑色裏的白色　白色裏的黑色》，發表在《香港文學》第八十四期。當我構思這小說時，我決定利用黑白兩種顏色突現社會的真實面，將黑與白作對比，清楚區分是與非、善與惡、正與邪。

　　對於我，這是另一次嘗試。為了使小說具有獨創性，我試圖用不同的手法表現設想，既無現代主義的技巧，也不屬於現實主義傳統的小說。

　　小說發表後，北京作家晏明來信說：「《黑色裏的白色　白色裏

的黑色》是極富創意的力作，受到普遍好評。」事實上，除晏明之外，讀了《黑色裏的白色　白色裏的黑色》寫信來鼓勵我的作家還有鄧友梅、楊義、彭燕郊、艾曉明、蔡益懷、喻大翔、羅冠聰。此外，謝福銓、溫儒敏都在報刊發表文章，評論這篇小說。

得到的鼓勵很大，我有意再寫一篇不依常格的小說。一九九三年，我從抽屜裏取出《盤古與黑》的草稿，繼續寫下去。

將新酒斟在舊瓶裏

《盤古與黑》是新編的故事。

寫故事新編，必須重視「舊瓶裝新酒」的概念，撇開傳統的約束，用現代人的意緒解釋舊故事，使舊故事有新意義。

一九七八年，我企圖將盤古傳說寫成小說。由於盤古所處的環境只是「黑暗混沌的一團」，既無細節可以敘述；也不能用文字描寫明暗和深淺，寫了兩頁就寫不下去了。寫不下去，主要因為寫故事新編必須有新的意匠，如果徑直地寫盤古「睡着後經過了一萬八千年」的話，那就不是新編的故事了。因此，在形容盤古「睡了一大覺」時，我故意這樣寫：「睡了很長很長很長很長很長很長很長很長很長很長很長很長很長的一覺」。這種寫法未必能被讀者接受；不過，這是我的寫法。為了堅持這個原則，寫《盤古與黑》時，還遇到了一些不易克服的困難。要不是《黑色裏的白色　白色裏的黑色》發表後得到朋友和讀者的鼓勵，我不會依照原來的構思，將主題和背景都很簡單的《盤

古與黑》寫成新編的故事。

我喜歡寫故事新編。不過，產量不多。除《盤古與黑》、《寺內》、《除夕》之外，尚有《借箭》、《孫悟空大鬧尖沙嘴》、《蛇》、《蜘蛛精》、《追魚》。

《借箭》是我在一九六〇年寫的詩，也是傳統的詩體小說。

《孫悟空大鬧尖沙嘴》用現代人的想像突出孫悟空的風趣。

《蛇》取材自《白蛇傳》。我將傳說中的神奇性與虛構挑出，使幻想中的假象重回現實。在我的筆下，許仙是凡人；白素貞也是凡人。

寫《蜘蛛精》，我用間接內心獨白重現唐僧的人性。

寫《追魚》，取材於越劇《追魚》。越劇《追魚》寫金鯉魚到人間來受苦；我在微型小說《追魚》中寫讀書人到池底去和一條魚追尋快樂。

將現實主義和現代主義結合起來

文貴創新，寫小說必須寫出特性和品格。從一九三六年開始學習寫小說到今天，我曾經用傳統的現實主義方法寫過五、六千萬字的「娛人小說」；但在寫「娛己小說」時，我重視「文貴創新」、「文章須自出機杼」的看法。我不反對現實主義的基本原理；也接受小說摹擬現實的假設。不過，傳統現實主義小說在摹仿生活時，單寫外部真實，是不足夠的，為了擴大覆蓋面，有必要深入人物的內心。正因為是這樣，我一直在尋找別有風味的表達方法，使小說具有創造力。我知道，

「新」的小說不一定是好小說；但是好小說卻不能沒有新的意味。我寫「娛己小說」時，一直強迫自己追求新異。正因為這樣，有人認為我的小說明顯受了法國新小說派的影響。其實，我並不完全贊同新小說派的創作原則與理論。新小說派「拒絕一切小說的傳統」（引自周紅興主編《簡明文學詞典》，第四八四頁）；我在求新求異時，並不「拒絕一切小說的傳統」。新小說派「認為傳統的現實主義小說已落後於新時代要求，必須摒棄傳統的小說觀念」（引自周紅興主編《簡明文學詞典》，第四八四頁），我卻不反對現實主義的基本原理。我不反對現實主義的基本原理，主要因為「所有小說都會以某種方式與現實主義的一般原則相聯繫。」（引自羅傑‧福勒編《現代西方文學批評術語辭典》，第二六四頁）由於這些看法的不同，我與新小說派相似的地方只是一個「新」字。新小說派寫新小說；我寫的「娛己小說」也是新小說。除此之外，走的並非同一條路子。我着重求新的意圖，希望能夠在浩若煙海的小說中寫一些具有新意的小說。因此，明知「現代主義的特點是違反傳統的現實主義方法」（引自《辭海——文學分冊》，第二十四頁），為了體現個人的風格，我嘗試將現代主義和現實主義結合在一起。

二〇〇二年二月二十六日

刊於二〇〇二年四月《香江文壇》第四期